モンスターストライク

アニメスペシャルノベライズ
—君を忘れない—

XFLAG™ スタジオ・原作
相羽 鈴・著
加藤陽一　後藤みどり・脚本

集英社みらい文庫

CONTENTS もくじ

1
マーメイド・ラプソディ
MERMAID RHAPSODY

マーメイド・ラプソディ キャラクター紹介《しょうかい》

Mermaid Rhapsody

焔《ほむら》 レン

明《あか》るくて前向《まえむ》きな性格《せいかく》。
「モンスト」に夢中《むちゅう》の
十四歳《じゅうよんさい》。

オラゴン

レンの相棒《あいぼう》で、
好奇心《こうきしん》いっぱいの
子《こ》どもドラゴン。

レンの仲間《なかま》

皆実《みなみ》の父《ちち》▶ ドルフ若葉《わかば》

影月《かげつき》 明《あきら》

いつも冷静沈着《れいせいちんちゃく》だが、
熱《あつ》い一面《いちめん》も持《も》つ。

水澤《みずさわ》 葵《あおい》

明《あか》るくやさしい性格《せいかく》。
プロレスが好《す》き。

若葉皆実《わかばみなみ》

天然《てんねん》な性格《せいかく》だけれど、
チームのムードメーカー。

アメリカ海軍関係者《かいぐんかんけいしゃ》

アマンダ・ジェンセン

ドルフの友人《ゆうじん》の娘《むすめ》で、アメリカ海軍《かいぐん》の中尉《ちゅうい》。レンとリラの関係《かんけい》に興味《きょうみ》あり？

スタイルズ大佐《たいさ》

アマンダの上司《じょうし》。海軍先端《かいぐんせんたん》デジタル開発本部《かいはつほんぶ》『ナッドコム』から派遣《はけん》された。

スールー艦長《かんちょう》

ドルフの古《ふる》い友人《ゆうじん》で強面《こわもて》の男《おとこ》。空母《くうぼ》『エクセルシオ』の最高権力者《さいこうけんりょくしゃ》。退役《たいえき》間近《まぢか》で……？

リラを追《お》う黒服《くろふく》の男《おとこ》たちの目的《もくてき》は……!?

キスキル・リラ

アメリカ海軍《かいぐん》から追《お》われている謎《なぞ》の少女《しょうじょ》。レンに助《たす》けを求《もと》めて…!?

プロローグ

「逃《に》げなくちゃ……逃《に》げなくちゃ……」

息《いき》を切《き》らして、狭《せま》い通路《つうろ》を裸足《はだし》の少女《しょうじょ》が駆《か》けていく。

鳴《な》りひびくサイレン、うす暗《ぐら》くて無機質《むきしつ》な壁《かべ》。

「はぁ、はぁ……」

ゆく手《て》に見《み》えたとびらを、すがるように押《お》しあける。

空《そら》の見《み》える場所《ばしょ》にようやくたどり着《つ》いた。

「！」

しかし。

そこに待《ま》っていたのは、無《む》数《すう》の銃口《じゅうこう》だった。

「……っ」

ずらりとかこまれ、ようしゃなくライトで照《て》らされる。

夜《よる》の暗闇《くらやみ》にうかびあがった、少女《しょうじょ》の手元《てもと》。

そこにあるのは、にぶく光《ひか》る手錠《てじょう》だった。

「いやああああ！」

叫《さけ》び声《ごえ》が、星空《ほしぞら》にひびきわたる。

1

神《かみ》ノ原《はら》の街《まち》を、真夏《まなつ》の太陽《たいよう》が照《て》らしている。

蝉《せみ》の声《こえ》がみんみんとうるさくひびいていた。

「一《いっ》カ月《げつ》も夏休《なつやす》みとは、人間《にんげん》の中学生《ちゅうがくせい》はうらやましいであるな〜」

商店街《しょうてんがい》の片《かた》すみの小《ちい》さな喫茶店《きっさてん》『皆風《みなみかぜ》』。

今《いま》どきめずらしいレトロな純喫茶《じゅんきっさ》には、今日《きょう》もいつもの四人《よにん》と一匹《いっぴき》のモンスターが集《あつ》まっていた。

「おまえはいつでも休《やす》みだろ、オラゴン」

成《な》りゆきでオラゴンといっしょに住《す》んでいるレンはあきれて言《い》う。

オラゴンは、「モンスターの世界《せかい》からやってきた」という、謎《なぞ》多《おお》き生《い》き物《もの》だ。

今《いま》は好物《こうぶつ》のポップコーンを、むっしゃむっしゃとおいしそうに食《た》べている。

中学《ちゅうがく》二年生《ねんせい》のレンは、このオラゴンと出会《であ》い、なかば巻《ま》きこまれるような形《かたち》でいくつかの事件《じけん》に遭遇《そうぐう》した。

危険《きけん》なこともあったが、持《も》ち前《まえ》のバイタリティでいつも、どうにかしてきた。

「オラ様《さま》は二十四時間《にじゅうよじかん》、三百六十五日《さんびゃくろくじゅうごにち》、いつでも営業中《えいぎょうちゅう》であるぞっ」

「なんかコンビニみたいだねー」

とやさしくオラゴンのまるっこい頭《あたま》をなでるのは、葵《あおい》。

レンのクラスメイトで、水泳《すいえい》とプロレスが大好《だいす》きなしっかり者《もの》だ。

ハキハキした性格《せいかく》で、神《かみ》ノ原《はら》の中学《ちゅうがく》に転校《てんこう》してきたレンに最初《さいしょ》に話《はな》しかけてくれたのも葵《あおい》だった。

「にしてもさぁ、お父《とう》さんお店《みせ》ほっぽってどこ行《い》ったんだろ……あ、こぼれちゃった」

とんでもなく雑《ざつ》にコーヒーを入《い》れているのはこの喫茶店《きっさてん》のひとり娘《むすめ》、皆実《みなみ》だった。

ふにゅふにゅとしたしゃべり方《かた》をする天然娘《てんねんむすめ》だが、こう見《み》えて結構《けっこう》ハゲしいところもある。

「……ありえない」

カウンターで読書《どくしょ》をしていた明《あきら》が、あちこちこぼれたコーヒーを見《み》てつぶやく。

「ありえない」は彼《かれ》の口癖《くちぐせ》だ。今日《きょう》もメガネの奥《おく》で涼《すず》し気《げ》な目《め》が光《ひか》っている。

レンたち四人《よにん》は、組《く》んで間《ま》もない『モンスト』のチームメイトでもある。

『モンスト』は4DAR《フォーディーエーアール》と呼《よ》ばれるバーチャル・フィールドと連動《れんどう》したスマホアプリで、四人一組《よにんひとくみ》で対戦《たいせん》するモンスター・バトルゲーム。

レンがプレイをはじめたのはつい最近《さいきん》だが、すでにこの街《まち》ではトップランカーとよばれる存在《そんざい》になっていた。

このゲームには、どうやらまだ秘密《ひみつ》がかくされている。

「モンストゲート」とよばれる場所《ばしょ》から、モンスターが現実世界《げんじつせかい》にも干渉《かんしょう》してくることが度々《たびたび》あった。

「**はあああああああん！**　大変《たいへん》なことになったぁああ！」

四人《よにん》が思《おも》い思《おも》いにすごしていると、野太《のぶと》いのに切《せつ》ない叫《さけ》び声《ごえ》とともに、バタン！　とドアが開《ひら》いた。

入《はい》ってきたのはドルフ若葉《わかば》。皆実《みなみ》の父《ちち》である。今日《きょう》もマッチョで暑苦《あつくる》しい。

「お、お父《とう》さん？　どうしたんですか」

「大丈夫《だいじょうぶ》レンくん。うちのお父《とう》さん、私《わたし》とはなれるのがさびしすぎてこうなっちゃってるの。いつものことだから」

「ああ、みんなきていたのか……実《じつ》は古《ふる》い友人《ゆうじん》、いや戦友《せんゆう》から沖縄《おきなわ》によばれてね。アメリカ海軍《かいぐん》の空母《くうぼ》の艦長《かんちょう》で……退役《たいえき》を記念《きねん》した洋上《ようじょう》パーティーに招待《しょうたい》されたんだよぉぅ」

沖縄《おきなわ》の海《うみ》には確《たし》かに、アメリカ軍《ぐん》の空母《くうぼ》がある。

「え？　てことは皆実《みなみ》のお父《とう》さんって元軍人《もとぐんじん》だったのか？　傭兵《ようへい》とか？」

確《たし》かにマッチョで声《こえ》が大《おお》きく、ベレー帽《ぼう》のよく似合《にあ》う男《おとこ》だが……。

「皆実《みなみ》と何日《なんにち》もはなれるなんて、耐《た》えられない！　**はあああん！**」

皆実《みなみ》の母《はは》はすでに亡《な》く、ドルフはひとり娘《むすめ》を暑苦《あつくる》しく溺愛《できあい》している。

「うーん。じゃあさ、みんなで行《い》っちゃおうよ！　沖縄《おきなわ》！」

どぼどぼとコーヒーのお代《か》わりを注《そそ》ぎながら、皆実《みなみ》が「きゃは」とそんな提案《ていあん》をした。

南国《なんごく》の空《そら》はカラリと晴《は》れあがっていた。

まっ白《しろ》な砂浜《すなはま》が、やけどしそうに熱《あつ》い。

目《め》にもあざやかな青《あお》い海《うみ》が、視界《しかい》いっぱいに広《ひろ》がる。

「沖縄《おきなわ》の……」

「海《うみ》だぁあああ！」

皆実《みなみ》と葵《あおい》が、水着姿《みずぎすがた》で波打《なみう》ちぎわに駆《か》けていく。

娘《むすめ》を愛《あい》するドルフのはからいで、空港《くうこう》からホテルまではリムジン送迎《そうげい》、そしてホテルはなんと、専用《せんよう》ビーチつき。セレブな待遇《たいぐう》だった。

砂粒《すなつぶ》ひとつも見《み》えそうなほど、海水《かいすい》が澄《す》みきっている。

「ホントに沖縄《おきなわ》に招待《しょうたい》してもらえるなんて夢《ゆめ》みたい。皆実《みなみ》、次《つぎ》はビーチバレーしようね！」

「うん！　あー最高《さいこう》！　家《いえ》から水着《みずぎ》着《き》てきてよかったぁー」

「家《いえ》から？　早《はや》いであるな！　オラ様《さま》はいつだってエブリデイ・全裸《ぜんら》であるぞ」

オラゴンも浮《う》き輪《わ》に無理《むり》やり体《からだ》をつっこんで、楽《たの》しそうにぷかぷかしている。

「どりゃあああ！　若者《わかもの》は泳《およ》げ！　遠泳《えんえい》だ！」

「うわあああああ！」

レンはと言《い》えば、ドルフに思《おも》いっきり海《うみ》にほうりこまれていた。

軍隊仕《ぐんたいじ》こみの海水浴《かいすいよく》はハードなのである。

「……ありえない」

パラソルの下《した》で文庫本《ぶんこぼん》を広《ひろ》げている明《あきら》が、まぶしそうに目《め》を細《ほそ》めてつぶやく。

だけどそれは、いつもより少《すこ》しだけ柔《やわ》らかな「ありえない」だった。

「つはー。泳《およ》いだ泳《およ》いだ」

たっぷりと楽《たの》しんで海《うみ》からあがったレンは、シートの上《うえ》に横《よこ》になった。

背中《せなか》が熱《あつ》くて気持《きも》ちがいい。

「……ん？」

視界《しかい》のはしから、ふわりとなにかが舞《ま》いおちてくる。

手《て》をあげて受《う》けとめてみると、それは小《ちい》さな麦《むぎ》わら帽子《ぼうし》だった。

「誰《だれ》のだろう」

見《み》れば少《すこ》しはなれた砂浜《すなはま》の上《うえ》に、女《おんな》の子《こ》がひとり、立《た》っている。

まっ白《しろ》なワンピースに、きゃしゃな体《からだ》。

長《なが》い髪《かみ》が、潮風《しおかぜ》でまきあがる。

海《うみ》の方《ほう》をじっと見《み》つめる横顔《よこがお》は、少《すこ》しさびしそうだった。

「あ、これ……」

レンが駆《か》けよって帽子《ぼうし》を渡《わた》そうとすると、大《おお》きな目《め》がハッと見開《みひら》かれる。

「あなた……！　私《わたし》が見《み》えるの？」

意外《いがい》そうな表情《ひょうじょう》で、そんなことを言《い》われる。

さらさらと砂《すな》がこぼれるようなかわいらしい声《こえ》だった。

「お願《ねが》い、助《たす》けて……！」

女《おんな》の子《こ》は一歩《いっぽ》踏《ふ》みこんで、そう懇願《こんがん》する。

大《おお》きな瞳《ひとみ》が間近《まぢか》で揺《ゆ》れていた。

なぜだろう、目《め》がはなせない。

「え……あっ」

レンが戸惑《とまど》ったその一瞬《いっしゅん》、強《つよ》い風《かぜ》が吹《ふ》く。

手《て》に持《も》ったままだった帽子《ぼうし》が海《うみ》の向《む》こうにさらわれてしまう。

それに気《き》を取《と》られたわずかな間《あいだ》に、女《おんな》の子《こ》はレンの前《まえ》からいなくなっていた。


ビーチハウスでシャワーを浴《あ》びながら、ぼんやりと考《かんが》えていた。

「なんだったんだ、あの子《こ》……」

なにかをうったえかけるようなあの目《め》。

それに「助《たす》けて」という言葉《ことば》。

「なにか、オレに伝《つた》えたかったのか？」

じっと見《み》つめられたときの不安《ふあん》げな瞳《ひとみ》を思《おも》い出《だ》す。

胸《むね》がかすかにざわついた。

夕方《ゆうがた》は、レンたちだけで国際通《こくさいどお》りで買《か》い物《もの》をすることにした。

土産物《みやげもの》や郷土料理《きょうどりょうり》の店《みせ》がつらなる、沖縄《おきなわ》の観光名所《かんこうめいしょ》だ。

キラキラした琉球《りゅうきゅう》ガラスや、大小《だいしょう》のシーサー像《ぞう》がずらりとならんでいる。

「わぁ、見《み》てこれすごーい！」

ビンの中《なか》で蛇《へび》がとぐろを巻《ま》いたハブ酒《しゅ》に、皆実《みなみ》がびっくりしている。

明《あきら》も妙《みょう》に真剣《しんけん》な顔《かお》で、土産物《みやげもの》を選《えら》んでいた。

家族《かぞく》にでも買《か》うのだろうか。

「次《つぎ》はアイス食《た》べようよ」

葵《あおい》の提案《ていあん》でアイスクリームショップを目指《めざ》して歩《ある》いているとき、なんとなく誰《だれ》かに見《み》られているような気《き》がした。

ふっと顔《かお》をあげると、反対側《はんたいがわ》の歩道《ほどう》にいる人物《じんぶつ》が目《め》に入《はい》る。

「あの子《こ》は……」

砂浜《すなはま》で会《あ》った女《おんな》の子《こ》が、じっとこちらを見《み》ている。

レンは思《おも》わず身《み》を乗《の》りだして、その姿《すがた》を見《み》つめかえした。

直後《ちょくご》、おかしなことが起《お》こった。

路地裏《ろじうら》から突然《とつぜん》、黒《くろ》いスーツの男《おとこ》がふたりあらわれる。

男《おとこ》たちは女《おんな》の子《こ》を前後《ぜんご》から挟《はさ》むようにつめよった。

女《おんな》の子《こ》はおびえた表情《ひょうじょう》で身《み》をひるがえし、レンの視界《しかい》から消《き》える。

男《おとこ》たちがためらいもなく、そのあとを追《お》う。

「なんだ……？」

裏通《うらどお》りに逃《に》げた少女《しょうじょ》を追《お》って、レンは駆《か》けだした。

「レンくん？　どこ行《い》くの？」

背後《はいご》で葵《あおい》がよびとめるが、とてもほうってはおけなかった。

気《き》になる。なぜあんな女《おんな》の子《こ》が、黒服《くろふく》の男《おとこ》に追《お》われているのか。

路地《ろじ》に飛《と》びこむものの、そこに人《ひと》の気配《けはい》はない。

「どこに行《い》ったんだろう……」

レンが立《た》ちどまって、周囲《しゅうい》を見《み》まわしたそのとき。

「きてくれたんだね」

ふわりとあらわれたように、女の子《おんなのこ》が立《た》っていた。

さっきまで追《お》われていたのに、うっすらとほほ笑《え》んでいる。

やっぱりどことなく、不思議《ふしぎ》な子《こ》だった。

「あ、君《きみ》は……」

「あなたを……探《さが》しにきたの」

「オレを？」

疑問《ぎもん》に思《おも》う間《ま》もなく、バタバタと足音《あしおと》がせまる。

「You《ユー》! Stop《ストップ》!（おい、止《と》まれ！）」

黒服《くろふく》の男《おとこ》たちが、一直線《いっちょくせん》にこちらへ向《む》かってくる。

気迫《きはく》や身《み》のこなしが、ただものじゃない。

「……逃《に》げよう」

大柄《おおがら》な男《おとこ》がふたりがかりで、女の子《おんなのこ》を追《お》いまわす。

やはりどう考《かんが》えても普通《ふつう》ではない。

レンはそう直感《ちょっかん》し、女の子《おんなのこ》の手《て》を取《と》って走《はし》りだした。

しかしすぐに間近《まぢか》まで追《お》いつかれてしまう。

「Wait!《ウェイト》（まて！）」

「……っ」

細《ほそ》い路地《ろじ》で女《おんな》の子《こ》を連《つ》れていては、逃《に》げきるのはむずかしい。

しかし、そこで男《おとこ》たちのゆく手《て》をはばむものがあらわれた。

「やあっ！」

葵《あおい》だ。

わき道《みち》から飛《と》びだしての、強烈《きょうれつ》な飛《と》び膝《ひざ》。

短《みじか》いスカートが、ふわりとひるがえる。

キレのいい角度《かくど》でひとりの黒服《くろふく》の腹《はら》へ、見事《みごと》にヒットした。

「ぐっ！」

葵《あおい》はすとんと着地《ちゃくち》して、流《なが》れるようにもうひとりへも、まわし蹴《げ》りを見舞《みま》う。

女《おんな》の子《こ》と思《おも》って油断《ゆだん》したのか、黒服《くろふく》たちがそろって倒《たお》れる。

「んもう、ぱんつ見《み》えちゃう……レンくん行《い》って！　ここは私《わたし》がどうにかするから！」

どうやら葵《あおい》も、この男《おとこ》たちを穏《おだ》やかでないと察《さっ》したようだ。

「サンキュー！　葵《あおい》！」

レンは謎《なぞ》の少女《しょうじょ》の手《て》をぐっとつかんだ。

その手首《てくび》はびっくりするほど細《ほそ》い。

「助《たす》けてって言《い》ってたよね？　あいつらから、ってこと？」

「あの人《ひと》たちは……私《わたし》を捕《つか》まえている人《ひと》」

『捕《つか》まえようとしている』ではなく『捕《つか》まえている』という言《い》い方《かた》が少《すこ》し気《き》になったが、
それどころではない。

とにかく走《はし》るしかなかった。

しかし新《あら》たな追手《おって》が前《まえ》からも駆《か》けてくる。

「we《ウィー》 have《ハブ》 contact《コンタクト》!（目標《もくひょう》と接触《せっしょく》！）」

英語《えいご》でなにかをしゃべりながらふたり組《ぐみ》の男《おとこ》が突《つ》っこんでくる。

「……っ！　見《み》つかったのか」

すぐに路地《ろじ》の突《つ》きあたりに追《お》いつめられてしまった。

すちゃりと音《おと》を立《た》てて、男《おとこ》たちはスマホを取《と》りだす。

「！　あいつら、モンストやるのか？」

ヴン！　と空気《くうき》がゆれ、4DAR《フォーディーエーアール》バトルフィールドが展開《てんかい》する。

量産型《りょうさんがた》の兵士《へいし》タイプモンスターが二体《たい》、ゆっくりとあらわれた。

手《て》にした機関銃《きかんじゅう》をまっすぐに、レンに向《む》ける。

「襲《おそ》ってくる気《き》かよ……モンストスタート！」

レンもまた、自分《じぶん》のスマホで応戦《おうせん》する。

なにかの座標《ざひょう》が合《あ》うようなカチリとした感覚《かんかく》。

宙《ちゅう》にあらわれるサークル。

そして召喚《しょうかん》されるのはレンの相棒《あいぼう》、坂本龍馬《さかもとりょうま》だ。

「あなたも、モンストをするの？」

少女《しょうじょ》がおどろいて声《こえ》をあげた。

次《つぎ》の瞬間《しゅんかん》、モンスター兵《へい》が発砲《はっぽう》をはじめる。

「レン。おんし、またおかしなことに巻《ま》きこまれちゅうな？」

軽《かる》い口調《くちょう》で言《い》いながら、龍馬《りょうま》は腰《こし》のカタナに手《て》をかける。

キンキンとたやすく、銃弾《じゅうだん》をすべてなぎ払《はら》ってしまう。

じれたモンスター兵《へい》は、ふたりが対《つい》になるような動《うご》きで飛《と》びまわりはじめた。

龍馬《りょうま》を混乱《こんらん》させて、スキを作《つく》る気《き》だ。

どちらがどこから仕掛《しか》けるのかわかりにくく、厄介《やっかい》だった。

しかし龍馬《りょうま》はしっかりと目《め》を見開《みひら》いて、立《た》てつづけの攻撃《こうげき》をさばいていく。

「その一手《いって》……見切《みき》ったぜよ！」

高《たか》い宙《ちゅう》からの攻撃《こうげき》、それは、ふたりが一体《いったい》になったような飛《と》び蹴《げ》りだった。

「はあ！」

龍馬《りょうま》は気迫一閃《きはくいっせん》、重《おも》さのあるその攻撃《こうげき》も斬《き》りかえす。

「これはオマケじゃ！」

ついでとばかり、空中《くうちゅう》でカタナをもう一度《いちど》ふるった。

すると、モンスター兵《へい》の銃《じゅう》の銃口部分《じゅうこうぶぶん》だけが、ポロリと落《お》ちる。

「さあ、行《い》くぜよ！　ワシに斬《き》れないものはない！」

銃《じゅう》は無力化《むりょくか》した。

龍馬《りょうま》はまっすぐに、突《つ》っこんで行《い》く。

銃《じゅう》を失《うしな》ったモンスター兵《へい》はナイフを取《と》りだして龍馬《りょうま》を止《と》めようとする……が。

龍馬《りょうま》のほうが数段《すうだん》、すばやい。

繰《く》りだされるナイフでの突《つ》きをすべてひらひらとかわした。

「はあ！」

そしてトドメの一撃《いちげき》を正面《しょうめん》から、叩《たた》きこむ。

吹《ふ》き飛《と》ばされた一体《いったい》がもう一体《いったい》に激突《げきとつ》し、派手《はで》な爆発《ばくはつ》が起《お》こった。

モンスター兵《へい》たちは四散《しさん》して、空間《くうかん》に吸《す》いこまれるように跡形《あとかた》もなく消《き》える。

「うう……っ」

はげしい爆風《ばくふう》に、黒服《くろふく》の男《おとこ》たちがひるむ。

「今《いま》のうちに逃《に》げよう！」

レンは少女《しょうじょ》の手《て》を引《ひ》いて路地《ろじ》の奥《おく》に駆《か》ける。

レンたちが逃《に》げさった、そのわずか後《あと》。

のこされた男《おとこ》たちが、あわてた足取《あしど》りで路地《ろじ》から駆《か》けでてくる。

そこへ、一台《だい》の車《くるま》が横付《よこづ》けされた。

軍用《ぐんよう》だろうか。オリーブ色《いろ》でがっしりとした車《くるま》だ。

中《なか》から出《で》てきたのも、ドッグタグ……金属製《きんぞくせい》の認識票《にんしきひょう》をつけた、迷彩色《めいさいいろ》のタンクトップ姿《すがた》の女性《じょせい》だった。

『逃《に》がしたのね。ずいぶんてこずったようだけど』

『中尉《ちゅうい》！　それが……』

彼《かれ》らは英語《えいご》でやり取《と》りをしている。

『謎《なぞ》の少年《しょうねん》が逃走《とうそう》の手引《てび》きをしているようです。モンストをする中学生《ちゅうがくせい》です』

『少年《しょうねん》？　……へぇ』

女性《じょせい》はレンたちが逃《に》げたほうへ、意味《いみ》ありげな視線《しせん》をむけた。

「もう大丈夫《だいじょうぶ》だよ」

男《おとこ》たちをどうにかまいたレンは、物陰《ものかげ》で大《おお》きく息《いき》をついた。

裏通《うらどお》りをいくつも通《とお》って、だいぶはなれた場所《ばしょ》まで逃《に》げた。

ここまでくれば平気《へいき》だろう。

「はぁ、はぁ……」

女《おんな》の子《こ》はレンの胸元《むなもと》で体《からだ》を支《ささ》えるように呼吸《こきゅう》を整《ととの》えている。

こんなときなのに、体《からだ》をあずけられてドキッとした。

ちゃんと触《ふ》れあっていても、やっぱりどことなく現実《げんじつ》ばなれした雰囲気《ふんいき》の少女《しょうじょ》だ。

「今《いま》の奴《やつ》ら……いったい？」

非力《ひりき》な少女《しょうじょ》を大勢《おおぜい》の大人《おとな》で追《お》いかけるなんて。

いったい何者《なにもの》なのだろう。レンは首《くび》をひねる。

思《おも》いうかんだのは、男《おとこ》たちの胸《むね》もとについていたワッペンだった。

『US NAVY《ユー・エス・ネイビー》』

一瞬《いっしゅん》だけしか見《み》えなかったが、そうつづられていたような気《き》がする。

それに英語《えいご》をしゃべっていた。

「……！　もしかして、アメリカ軍《ぐん》？」

女《おんな》の子《こ》はそれには答《こた》えず、レンをじっと見《み》つめた。

「お願《ねが》い。明日《あした》の正午《しょうご》、首里城《しゅりじょう》にきて。誰《だれ》にも言《い》わずに」

その必死《ひっし》な声《こえ》に吸《す》いよせられるように、レンはうなずく。

「わかった。オレは焔《ほむら》レン。君《きみ》は？」

「私《わたし》は……リラ。キスキル・リラ」

それだけ言《い》うと、薄紫《うすむらさき》にそまったゆうぐれの空気《くうき》に溶《と》けるように、ふっと去《さ》って行《い》く。

「キスキル……リラ」

不思議《ふしぎ》なひびきの名前《なまえ》を、口《くち》の中《なか》でそっと繰《く》りかえす。

なんだかまるで、真夏《まなつ》の幻《まぼろし》みたいな子《こ》だと思《おも》った。

2

「おぱりお〜。お父《とう》さん、私《わたし》たち、首里城《しゅりじょう》に行《い》ってくるからね！」

二日目《ふつかめ》はちょうど、首里城《しゅりじょう》を観光《かんこう》の予定《よてい》だった。

ホテルを出発《しゅっぱつ》しようとした四人《よにん》とオラゴンを、ドルフが見送《みおく》る。

「ううう。大変悲《たいへんかな》しいが、今日《きょう》はお父《とう》さんはいっしょに行《い》けない。心配《しんぱい》なので、友人《ゆうじん》の娘《むすめ》さんに案内《あんない》をお願《ねが》いしてある。彼女《かのじょ》の父《ちち》とは数多《あまた》の戦場《せんじょう》をともに戦《たたか》い、ともに切磋琢磨《せっさたくま》し、ともに……」

ヴォン！

やたらと長《なが》くなりそうな話《はなし》をさえぎったのは、すべりこんできた車《くるま》の音《おと》だった。

開放的《かいほうてき》でがっしりとしたオープンカー。

金色《きんいろ》の髪《かみ》が美《うつく》しい女性《じょせい》が、きびきびとした身《み》のこなしで降《お》りてくる。

「アメリカ海軍《かいぐん》のアマンダ・ジェンセン中尉《ちゅうい》だ。彼女《かのじょ》を困《こま》らせないようにな」

「ハーイ！　アマンダよ。よろしくね。さっそく行《い》きましょう」

どうやら快活《かいかつ》な性格《せいかく》らしく、笑顔《えがお》で手《て》を振《ふ》っている。

「わー。大人《おとな》の女性《じょせい》ってかんじ～」

「よろしくお願《ねが》いします」

皆実《みなみ》と葵《あおい》はウキウキと車《くるま》に乗《の》りこむ。

レンも、少《すこ》しぼんやりとしながら、それにつづいた。

「ふふっ。ほらボーイ、あなたもよ」

アマンダは不愛想《ぶあいそう》な明《あきら》を、がしっと脇《わき》に抱《かか》えて引《ひ》っ張《ぱ》っていく。

「……っ」

女性《じょせい》と密着《みっちゃく》して、めずらしく明《あきら》の目《め》が泳《およ》いだ。

「おっ、明《あきら》、今《いま》ドキドキしたであるな」

「……そんなことは、ありえない」

からかうオラゴンを、明《あきら》はにらみつけた。

その場《ば》の誰《だれ》も知《し》らなかったことだが。

アマンダは昨日《きのう》、リラを追《お》っていた黒服《くろふく》といっしょにいた『中尉《ちゅうい》』、まさにその人《ひと》だった。


あれこれガイドをしてもらいつつ市街《しがい》を走《はし》り、郊外《こうがい》の首里城《しゅりじょう》にやってきた。

「うわ！　首里城《しゅりじょう》ってホントに赤《あか》いんだ」

漆塗《うるしぬ》りの城《しろ》を見《み》て、葵《あおい》が歓声《かんせい》をあげる。

「ここにもあそこにもシーサー！　オラ様《さま》と同《おな》じで守《まも》り神《がみ》なんであるな！」

「まーたオラゴンは適当《てきとう》なこと言《い》って……」

「けっこう高《たか》い所《ところ》にあるんだね。つかれちゃった〜」

首里城《しゅりじょう》は、かつて沖縄《おきなわ》が琉球王国《りゅうきゅうおうこく》とよばれていた時代《じだい》の城《しろ》だ。

城《しろ》なので当然《とうぜん》、攻《せ》めにくい丘《おか》の上《うえ》にある。

長《なが》い階段《かいだん》を上《のぼ》ったり門《もん》をくぐったりする間《あいだ》、レンはずっと、リラのことを気《き》にしていた。

「しばらく自由行動《じゆうこうどう》にしましょうか。つかれたならベンチで休《やす》むといいわ」

「はーい！」

アマンダの一言《ひとこと》でひとときの解散《かいさん》とあいなった、その直後《ちょくご》。

「あっ……」

広場《ひろば》の片隅《かたすみ》に、レンの見覚《みおぼ》えのある姿《すがた》がちらつく。

少《すこ》しはなれた白《しろ》い石垣《いしがき》の隙間《すきま》。長《なが》い髪《かみ》を揺《ゆ》らして、少女《しょうじょ》が立《た》っている。

「リラ……」

口《くち》の中《なか》でつぶやくように、名前《なまえ》をよぶ。

聞《き》こえていないはずなのに、リラはふわりとほほ笑《え》んで、どこかへ歩《ある》きだした。

レンはあわててその姿《すがた》を追《お》う。

「きてくれたんだね」

レンが近《ちか》づくと、リラは白《しろ》いワンピースのすそをひるがえしてふりかえり、小《ちい》さく笑《わら》った。

そのときも、レンはやはり気《き》づかなかった。

アマンダがじっと、自分《じぶん》たちの様子《ようす》を観察《かんさつ》していること。

そして……物陰《ものかげ》にあのときの黒《くろ》いスーツの男《おとこ》たちが潜《ひそ》んでいることにも。

「目標《もくひょう》を確認《かくにん》したわ。私《わたし》が接触《せっしょく》を試《こころ》みる。この辺《あた》りはモンストゲートの反応《はんのう》が強《つよ》い……周囲《しゅうい》を警戒《けいかい》して」

「了解《りょうかい》しました」

彼女《かのじょ》は黒服《くろふく》たちに背《せ》をむけたまま、おさえた声《こえ》で指示《しじ》を出《だ》す。

そしてレンとリラを追《お》うように、歩《ある》きだした。


城址公園《じょうしこうえん》の裏《うら》には、森《もり》が広《ひろ》がっていた。

シュロやソテツの葉《は》がたれて、地面《じめん》に濃《こ》い影《かげ》をつくっている。

「レン、行《い》こう」

深《ふか》い緑《みどり》の中《なか》にすっと立《た》って、リラが手《て》まねきする。

日《ひ》の当《あ》たらない木陰《こかげ》にいるのに、なぜかその姿《すがた》がうっすら光《ひか》っているように見《み》えた。

思《おも》わず視線《しせん》を吸《す》いよせられた。

「どこ行《い》くの？」

「私《わたし》のお気《き》にいりの場所《ばしょ》。こっち！」

たずねるレンを道案内《みちあんない》するように、リラはタッと駆《か》けだす。

「あっ、待《ま》って！」

リラは木々《きぎ》の間《あいだ》を、まるでひらひらと妖精《ようせい》のように駆《か》けていく。

彼女《かのじょ》はけっして足《あし》が速《はや》いわけではないのに。

なぜか、追《お》いつこうとするとするりと逃《に》げられてしまう。

「ほら。こっち」

「あ……」

クスクスと楽《たの》しそうに、リラが笑《わら》っている。

翻弄《ほんろう》されるままに進《すす》んでいくと、ふっと森《もり》がひらける。

その先《さき》にあったのは、市街《しがい》が一望《いちぼう》できる小《ちい》さな展望台《てんぼうだい》だった。

「すごい……きれいだね」

抜《ぬ》けるような青空《あおぞら》の下《した》に広《ひろ》がる街《まち》。

それに遠《とお》くへとつづく海《うみ》。

真夏《まなつ》の少《すこ》しゆらめく空気《くうき》の中《なか》に、そんな景色《けしき》が広《ひろ》がっていた。

ふたりはしばらくのあいだ、無言《むごん》で街並《まちな》みをながめる。

無言《むごん》といっても気《き》まずいわけではなく、むしろ居心地《いごこち》がよかった。

「たまにぬけだせるとき、ここにきてるの」

ふっとリラが言《い》う。

『たまにぬけだせるとき』。その言葉《ことば》がレンは気《き》にかかった。

昨日《きのう》、黒服《くろふく》の男《おとこ》たちのことも『私《わたし》を捕《つか》まえている人《ひと》』とよんでいた。

どういうことだろう。

リラはどこかに捕《つか》まっているけれど、ときには自由《じゆう》がある、ということだろうか。

「君《きみ》はあいつらに、アメリカ軍《ぐん》に捕《つか》まっているの？　そこからぬけだしてきてるの？」

思《おも》いきってたずねると、リラはうつむく。

「もういいの。あなたはいい人《ひと》だから」

小《ちい》さく首《くび》を傾《かし》げて、笑《わら》ってみせた。

「ありがとう。私《わたし》、あなたにお礼《れい》を言《い》いたかったの。昨日《きのう》、なにも言《い》えないままだったから」

ふたりのそばを、カップルらしき男女《だんじょ》が楽《たの》しそうに通《とお》りすぎていく。

それを目《め》で追《お》って、リラはつづける。

「誰《だれ》かといっしょの時間《じかん》を過《す》ごしてる人《ひと》、うらやましかった。だから、あなたとこうやっていっしょに景色《けしき》を見《み》られて……私《わたし》、うれしかったよ」

「なんで……？」

ただ景色《けしき》をながめるだけでうれしいなんて。

それにまるで、お別《わか》れのような言葉《ことば》だ。

「リラ。話《はな》してほしい」

レンはそう切《き》りだしていた。

「君《きみ》が誰《だれ》だっていい。最初《さいしょ》に会《あ》ったとき言《い》ってたよね、助《たす》けてって。それっていったい……」

巻《ま》きこまれる覚悟《かくご》も決《き》めてたずねた、そのとき。

リラの姿《すがた》に異常《いじょう》が起《お》こった。

からだの輪郭《りんかく》がぷつっ、と音《おと》を立《た》てて歪《ゆが》む。

「リラ？」

まるで映像《えいぞう》が途切《とぎ》れるように、あちこちノイズ交《ま》じりになっていく。

「はじめてだったの」

リラは声《こえ》をふるわせる。

「ひとりで消《き》えていく運命《うんめい》なんだって思《おも》ってた私《わたし》を見《み》つけてくれた」

なにかとんでもないことが起《お》こっている。

瞬時《しゅんじ》にそう思《おも》ったレンは、リラの手《て》を取《と》ろうとした。

「リラ！　つかまれ！」

しかしその指先《ゆびさき》は、すでに透《す》きとおっている。

「あっ！」

リラの体《からだ》が、高台《たかだい》から風《かぜ》に舞《ま》うように飛《と》ばされる。

「レンが……はじめてだった。あんな気持《きも》ち、知《し》らなかった」

リラの背後《はいご》の空《そら》に、黒《くろ》い穴《あな》が口《くち》を開《あ》けていた。

「うれしかったの。だから思《おも》わず助《たす》けて、って……」

バチバチと不吉《ふきつ》な粒子《りゅうし》をまき散《ち》らすそれは、モンストゲートに似《に》ている。

今度《こんど》こそ、レンにもわかった。

リラはここではないどこかへともどろうとしている。

いや……強制的《きょうせいてき》に、もどされようとしている。

そんなことはさせたくなかった。

「――ありがとう。レンと会《あ》えて本当《ほんとう》に良《よ》かった」

「**これで最後《さいご》じゃない！　もう一度《いちど》、君《きみ》を見《み》つけてみせる！**」

吸《す》いこまれていく身体《からだ》をどうにか止《と》めようと、手首《てくび》をにぎった。

しかし開《ひら》ききった黒《くろ》い穴《あな》は、空間《くうかん》の彼方《かなた》にリラを引《ひ》っ張《ぱ》っていく。

無情《むじょう》にも、手首《てくび》はすっとすりぬけてしまう。

「**リラ！　絶対《ぜったい》に、君《きみ》を見《み》つけるから！**」

最後《さいご》に彼女《かのじょ》が、小《ちい》さくうなずいたのが見《み》えた気《き》がした。

「く……」

ヴンと音《おと》を立《た》てて、黒《くろ》い穴《あな》がふさがる。

あとには何事《なにごと》もなかったように、のどかな景色《けしき》が広《ひろ》がっていた。

レンはひとり立《た》ちつくして、自分《じぶん》の手《て》を見《み》つめる。

そこには確《たし》かに、一瞬《いっしゅん》だけ触《ふ》れたリラの体温《たいおん》が残《のこ》っていた。

必死《ひっし》で伸《の》ばされた、あの細《ほそ》い腕《うで》。

もっと強《つよ》くにぎりしめて引《ひ》きよせればよかったのに……はなしてしまった。

「くっそ……なんで」

彼女《かのじょ》はどこに捕《と》らわれていて、正体《しょうたい》はなんなのか。

なにもわからない自分《じぶん》が歯《は》がゆい。

「はじめて見《み》たわ。あんなに心《こころ》を開《ひら》いたあの子《こ》は」

「！」

レンの背後《はいご》から声《こえ》がした。

立《た》っているのはアマンダ……いや、『ジェンセン中尉《ちゅうい》』だ。

今《いま》は先《さき》ほどのような快活《かいかつ》な笑顔《えがお》はない。

感情《かんじょう》の読《よ》めないまなざしで、じっとレンを見《み》つめている。

空中《くうちゅう》にのみこまれたリラを見《み》たはずなのに、おどろいてもいない。

アメリカの軍人《ぐんじん》である彼女《かのじょ》は、リラのことを知《し》っているのだろうか。

レンはぐっと、問《と》いつめるような視線《しせん》をむける。

「やっぱり……アメリカ軍《ぐん》なのか」

「ええ。キスキル・リラを捕《と》らえているのはアメリカ軍《ぐん》」

「本当《ほんとう》に……捕《つか》まえてるのか。あんな女《おんな》の子《こ》を！」

「Yes《イエス》。その通《とお》りよ」

アマンダは淡々《たんたん》とうなずく。

その視線《しせん》がするどい。

そして全身《ぜんしん》に、まったくスキがない。

レンの手《て》にじわりと汗《あせ》がにじむ。

しかし彼女《かのじょ》の口《くち》からつづいたのは、意外《いがい》な言葉《ことば》だった。

「だけど私《わたし》は……逃《に》がしたいの」

その一言《ひとこと》に、レンは意表《いひょう》をつかれた。

「逃《に》がす……？」

「ええ。リラを助《たす》けだしたい。あの監獄《かんごく》から」

中尉《ちゅうい》の視線《しせん》の先《さき》にあるのは海《うみ》。

くっきりとした水平線《すいへいせん》の上《うえ》に艦船《かんせん》の影《かげ》がある。

「あそこに、リラが？」

「ええ。大型空母《おおがたくうぼ》『エクセルシオ』。あそこには極秘《ごくひ》の洋上実験施設《ようじょうじっけんしせつ》がある。アメリカ軍《ぐん》はいずれ軍事利用《ぐんじりよう》するためにモンスターストライクの研究《けんきゅう》をおこなっているわ。そのためのモンスターを探《さが》し集《あつ》める過程《かてい》で……あの子《こ》が見《み》つかった」

「ってことは……リラは、やっぱり」

「そうよ、ただの女《おんな》の子《こ》じゃない。まだすべてはあきらかになっていないけれど……時折《ときおり》、自分《じぶん》の思念体《しねんたい》だけを遠《とお》くに飛《と》ばすような不思議《ふしぎ》な力《ちから》も持《も》ってる。あなたが会《あ》ったのも、リラ本人《ほんにん》ではなく、分身《ぶんしん》のようなもの」

「そうだったのか……」

リラは『たまにぬけだせるときは展望台《てんぼうだい》にくる』と語《かた》っていた。

どことなく儚《はかな》げに思《おも》えたのは、そのせいだったのかもしれない。

「でもね。だからってなにをしてもいいなんてことはないはず。研究《けんきゅう》チームの実験《じっけん》はひどいものだわ。あれじゃまるで……拷問《ごうもん》よ」

アマンダの口調《くちょう》には、激《はげ》しい怒《いか》りがにじんでいた。

「だから私《わたし》は、あの子《こ》を助《たす》ける」

どうやら彼女《かのじょ》は、リラを捕《と》らえようと追《お》っているわけではなく、彼女《かのじょ》を助《たす》けるために独《どく》自《じ》で動《うご》いているらしい。

アメリカ軍《ぐん》にとっては裏切《うらぎ》り行為《こうい》だが、レンとリラにとっては味方《みかた》だということだ。

「オレにもやらせてください！」

なにかをかんがえるより早《はや》く、レンは言《い》った。

迷《まよ》うはずもなかった。

もう一度《いちど》、君《きみ》を見《み》つけてみせる。

リラとそう、約束《やくそく》したのだから。

3

夜《よる》の海上《かいじょう》を、小型《こがた》の船《ふね》が何隻《なんせき》も走《はし》っていた。

どの船《ふね》も、パーティーの会場《かいじょう》である空母《くうぼ》へとむかっている。

まっくらな海《うみ》の上《うえ》で、艦上《かんじょう》の灯《あか》りがチカチカとまぶしく光《ひか》っていた。

空母《くうぼ》……航空母艦《こうくうぼかん》というのは、戦闘機《せんとうき》をいくつも搭載《とうさい》できる。

間近《まぢか》で見《み》ると、その大《おお》きさはケタちがいだった。

「すっごーい！　お父《とう》さんの友《とも》だちの引退《いんたい》パーティー、あそこでやるんだね」

「ああ。我《わ》が戦友《せんゆう》スールーは、今回《こんかい》の航海《こうかい》を最後《さいご》に現役《げんえき》を退《しりぞ》くのだ」

レンたちもドルフも、しっかりと礼装《れいそう》に身《み》をつつんでいる。

オラゴンも、ツノにかわいくリボンを結《むす》んでいた。

「海《うみ》の上《うえ》でパーティーなんて、ちょードッキドキだね！」

「ねっ」

自分《じぶん》で選《えら》んだドレスを着《き》て、女子《じょし》ふたりはすっかりはしゃいでいた。

明《あきら》は無感動《むかんどう》な様子《ようす》だが、なんだかんだといつものように最後《さいご》までつきあうのだろう。

しかしレンだけは、表情《ひょうじょう》がちがった。

ぐっとくちびるをむすんで、巨大《きょだい》な艦《かん》を見《み》すえている。

『今夜《こんや》のパーティーでは、艦長命令《かんちょうめいれい》で当直《とうちょく》以外《いがい》の乗組員《のりくみいん》すべてが参加《さんか》する。実験施設《じっけんしせつ》へのルートの警備《けいび》も手薄《てうす》になるの』

アマンダのそんな言葉《ことば》を、思《おも》い出《だ》していた。

海《うみ》の要塞《ようさい》のような極秘《ごくひ》の実験施設《じっけんしせつ》。

侵入《しんにゅう》するチャンスなど、そうやすやすとは得《え》られない。

だから今日《きょう》は、絶好《ぜっこう》の機会《きかい》だ。

パーティーの最中《さいちゅう》、実験《じっけん》エリアに潜入《せんにゅう》して、リラを助《たす》けだす。

今《いま》からおこなおうとしているのは、そういう計画《けいかく》だった。

スールー艦長《かんちょう》の引退《いんたい》パーティーはホールを広々《ひろびろ》と使《つか》った、盛大《せいだい》なものだった。

乗組員《のりくみいん》や招待客《しょうたいきゃく》たちがドリンク片手《かたて》に談笑《だんしょう》している。

「オラ様《さま》は肉《にく》を食《た》べまくるである！」

「私《わたし》もたくさん食《た》べようっと」

「バイキングバイキング！　だもんね」

立食形式《りっしょくけいしき》でにぎやかなので、こっそりと動《うご》きまわるには都合《つごう》がよさそうだ。

レンは会場内《かいじょうない》に視線《しせん》をはしらせ、ふたりの「ある人物《じんぶつ》」を見《み》つける。

まずは旧友《きゅうゆう》ドルフと肩《かた》を組《く》んで笑《わら》っている、スールー艦長《かんちょう》。

歴戦《れきせん》の猛者《もさ》、という印象《いんしょう》の強面《こわもて》の男《おとこ》だった。

艦長《かんちょう》はその名《な》の通《とお》り、この船《ふね》の最高権力者《さいこうけんりょくしゃ》。

リラの実験《じっけん》になんらかの形《かたち》でかかわっている可能性《かのうせい》が高《たか》い。

それに、もうひとり。

海軍先端《かいぐんせんたん》デジタル開発本部《かいはつほんぶ》『ナッドコム』から派遣《はけん》されたというスタイルズ大佐《たいさ》。

アメリカ軍《ぐん》のモンスト研究《けんきゅう》において高《たか》いポストにある人物《じんぶつ》らしい。

彼《かれ》にも、大《おお》きな計画《けいかく》を動《うご》かすだけの力《ちから》は十分《じゅうぶん》にあるはずだ。

こちらはいくぶん温和《おんわ》そうに見《み》えた。

海軍式《かいぐんしき》の白《しろ》い礼服《れいふく》を着《き》たアマンダが、スタイルズ大佐《たいさ》になにか耳打《みみう》ちをした。

そして気《き》づかれないように、レンに小《ちい》さく目配《めくば》せをする。

あくまでもこの場《ば》では、ふたりは他人同士《たにんどうし》を装《よそお》わなくてはならない。

アマンダが人目《ひとめ》を避《さ》けるようにスタイルズ大佐《たいさ》を連《つ》れだすのを、レンは横目《よこめ》で見《み》ていた。


「大佐《たいさ》。やはりあの実験《じっけん》はすぐにでも中止《ちゅうし》すべきです」

ホールの裏手《うらて》で、アマンダはスタイルズ大佐《たいさ》とむきあっていた。

階級《かいきゅう》の高《たか》い相手《あいて》に一歩《いっぽ》も引《ひ》かず、これが最後《さいご》の説得《せっとく》とばかりうったえる。

しかし大佐《たいさ》は耳《みみ》を貸《か》さない。

目尻《めじり》を困《こま》ったようにさげるばかりだ。

「気持《きも》ちはわかるが、あれは艦長《かんちょう》が決《き》めた特務実験《とくむじっけん》だ。私《わたし》に権限《けんげん》はない。艦長《かんちょう》の引退《いんたい》まではおとなしくしていた方《ほう》がいい」

「しかし！　『彼女《かのじょ》』は待《ま》っているうちに死《し》んでしまいます」

「すまないね。中尉《ちゅうい》。君《きみ》の力《ちから》にはなれない」

ただあいまいな笑顔《えがお》だけを残《のこ》して、大佐《たいさ》は会場《かいじょう》にもどって行《い》った。


「えー、艦長《かんちょう》の愛国心《あいこくしん》にはこれまで幾度《いくど》も感銘《かんめい》をうけてきたわけでありますが……」

壇上《だんじょう》ではドルフによるスピーチがはじまっていた。

会場《かいじょう》の興味《きょうみ》がそちらにむいているスキにアマンダがレンの隣《となり》に立《た》ち、告《つ》げる。

「説得《せっとく》は無理《むり》のようよ。作戦《さくせん》を決行《けっこう》するわ」

レンはうなずき、そっとその場《ば》をはなれた。


「……あの子《こ》たちは？」

アマンダがたずねるのは、明《あきら》たちのことだろう。

三人《にん》のことは、危険《きけん》にさらしたくなかった。

「なにも言《い》ってません。危険《きけん》だと知《し》っててよびませんよ」

ひっそりとそんな会話《かいわ》をしながら、誰《だれ》にも見《み》つかることなく会場《かいじょう》を出《で》た。

歩《ある》きながら、首《くび》にしめていたタイを片手《かたて》でゆるめる。

もしかすると……闘《たたか》うことになるかもしれない。

警備《けいび》が手薄《てうす》になる、という中尉《ちゅうい》の言葉《ことば》は本当《ほんとう》だった。
ほとんどの乗組員《のりくみいん》は会場《かいじょう》にいるのだろう。
誰《だれ》ともあわずに下層《かそう》の甲板《かんぱん》までたどり着《つ》いた。
「艦長《かんちょう》からの命令《めいれい》よ。すぐに交代《こうたい》がくるわ。あなたもパーティーに参加《さんか》しなさい」
アマンダのそんな一言《ひとこと》で、そこにいた警備兵《けいびへい》は持《も》ち場《ば》をはなれる。
艦内《かんない》の通路《つうろ》はうす暗《ぐら》く狭《せま》く、わかれ道《みち》も多《おお》い。
もともとひとつの街《まち》のように大《おお》きな空母《くうぼ》だ。
ひとたび迷《まよ》ったら出《で》られそうにない。
無言《むごん》のまましばらく歩《ある》く。
なにかの資料《しりょう》と端末《たんまつ》がならぶ部屋《へや》に出《で》た。

研究《けんきゅう》や調査《ちょうさ》のための区画《くかく》なのか、ほかと雰囲気《ふんいき》がちがう。

鍵《かぎ》つきのキャビネットの中《なか》に、しっかりと整理《せいり》された書類《しょるい》が収《おさ》まっていた。

「リラはあの扉《とびら》の奥《おく》よ。ここは特別研究区《とくべつけんきゅうく》。士官《しかん》であっても、許可《きょか》なき者《もの》は立《た》ちいれないわ」

キャビネットの陰《かげ》で、アマンダが小声《こごえ》で言《い》った。

研究室《けんきゅうしつ》の奥《おく》に、電子《でんし》ロックつきの頑丈《がんじょう》な扉《とびら》がある。

「でも、あそこにも警備《けいび》がいる」

「まかせて。こういうことは得意《とくい》なの」

小《ちい》さくほほ笑《え》み、アマンダはコツコツと警備兵《けいびへい》の前《まえ》に立《た》った。

「国防総省《こくぼうそうしょう》から、キスキル・リラの移送命令《いそうめいれい》がくだったわ」

きびきびとした声《こえ》で告《つ》げ、なにかの文書《ぶんしょ》を取《と》りだした。

おそらくは偽造《ぎぞう》だ。

しかし堂々《どうどう》と間近《まぢか》で見《み》せられれば、警戒《けいかい》はゆるむ。

警備兵《けいびへい》はロックを解除《かいじょ》しようとした。

が、そのとき。

「そいつを捕《と》らえろ」

ひえびえとした声《こえ》がした。

「あっ!」

レンの両腕《りょううで》が瞬時《しゅんじ》にヒネリあげられていた。

「やってくれたね、ジェンセン中尉《ちゅうい》」

背後《はいご》にあらわれたのは、スタイルズ大佐《たいさ》だった。

武装《ぶそう》した部下《ぶか》を四人《よにん》、連《つ》れている。

あいかわらずのおだやかな笑《え》みが、かえって恐《おそ》ろしい。

レンは自分《じぶん》を捕《つか》まえている相手《あいて》を振《ふ》りほどこうとした。

しかし相手《あいて》は戦《たたか》いのプロだ。手《て》が出《だ》せない。

「艦長《かんちょう》はそんな命令《めいれい》を出《だ》さない。そもそもこの計画《けいかく》に、海軍自体《かいぐんじたい》がほとんど関与《かんよ》していないのだからな」

「なんですって? じゃあ、あなたの独断《どくだん》……」

「それもちがうな。この実験《じっけん》は国防総省《こくぼうそうしょう》と我々《われわれ》ナッドコムの極秘《ごくひ》プロジェクトだ」

どうやら黒幕《くろまく》の正体《しょうたい》は思《おも》った以上《いじょう》に複雑《ふくざつ》なもののようだ。

この大佐《たいさ》は、艦長《かんちょう》を隠《かく》れみのにしてなにかをたくらんでいたらしい。

「モンスターを有効《ゆうこう》に利用《りよう》できれば、軍事力《ぐんじりょく》を一気《いっき》に拡大《かくだい》することができる」

その笑《え》みには、ひそかな野心《やしん》が見《み》え隠《かく》れする。

「だからと言《い》ってあんな少女《しょうじょ》を監禁《かんきん》するなんて許《ゆる》されません」

アマンダが凛《りん》とした声《こえ》で言《い》いかえした。

「あれは少女《しょうじょ》などではない。ただのモンスター。我々《われわれ》の実験体《じっけんたい》だ」

「……っ」

その一言《ひとこと》は許《ゆる》せなかった。

助《たす》けてとしがみついてきたときの感触《かんしょく》。あの必死《ひっし》な目《め》。

景色《けしき》をながめてうれしそうだった表情《ひょうじょう》。

レンはそれらを知《し》っている。

「ジェンセン中尉《ちゅうい》を拘束《こうそく》しろ。彼女《かのじょ》には国家機密《こっかきみつ》をもらした罪《つみ》をつぐなってもらう」

スタイルズ大佐《たいさ》が、ぐっと不気味《ぶきみ》に笑《え》みを深《ふか》める。

その背後《はいご》から、何人《なんにん》もの兵士《へいし》が集《あつ》まってきた。

「そうは……させない！」

腹《はら》の底《そこ》からレンは叫《さけ》んだ。

「……こい！　龍馬《りょうま》！」

鳴《な》りひびく緊急《きんきゅう》アラート。

レンのよぶ声《こえ》にこたえて、バトルフィールドが展開《てんかい》する。

一瞬《いっしゅん》注意《ちゅうい》がそれたスキに、レンは兵士《へいし》の腕《うで》からぬけだす。

「やっぱりおかしなことに巻《ま》きこまれちょったのう。レン」

すっとレンを守《まも》るように、龍馬《りょうま》が立《た》つ。

レンはゆっくりと、スマホをかかげた。

ショットの構《かま》えに入《はい》る。

「おなごに手荒《てあら》な真似《まね》をするような奴《やつ》らは……許《ゆる》さんぜよ！」

レンが思《おも》いきり腕《うで》を引《ひ》くのと、龍馬《りょうま》が飛《と》びあがるのは、同時《どうじ》だった。

「撃《う》て！」

ためらう様子《ようす》もなくスタイルズ大佐《たいさ》が命《めい》じる。

兵士《へいし》たちは、はじめて見《み》るタイプのモンスターにひるみつつも銃《じゅう》を構《かま》えた。

龍馬《りょうま》は飛《と》んできた銃弾《じゅうだん》をあっさりとかわす。

「遅《おそ》い！　ピストルとはこうやって使《つか》うんじゃ」

そして自《みずか》らも、懐《ふところ》から出《だ》したリボルバーを撃《う》ちこむ。

相手《あいて》の銃《じゅう》だけを的確《てきかく》に射《い》ぬいた。

幕末《ばくまつ》の志士《しし》、坂本龍馬《さかもとりょうま》は西洋拳銃《せいようけんじゅう》の使《つか》い手《て》でもある。

「レン！　この扉《とびら》はワシが守《まも》るきに。行《ゆ》け！」

「わかった！」

龍馬《りょうま》が稼《かせ》いでくれた時間《じかん》を無駄《むだ》にはできない。

アマンダが駆《か》けだし、的確《てきかく》な動《うご》きで警備兵《けいびへい》に掌底《しょうてい》を入《い》れる。

そしてそのポケットから、カードキーを奪《うば》った。

「行《い》くわよ、レンくん！」

レンとアマンダは研究区画《けんきゅうくかく》の奥《おく》に入《はい》った。

「リラ……！」

ずらりとならんだ小部屋《こべや》を早足《はやあし》でたしかめる。

どこだ、どこにいるんだ。

あせりを必死《ひっし》でおさえながら、一部屋《ひとへや》ずつさがしていく。

「！」

いちばん奥《おく》の部屋《へや》に、リラが閉《と》じこめられていた。

長《なが》い髪《かみ》を床《ゆか》に広《ひろ》げるようにして倒《たお》れている。

「……見《み》つけた！」

カードキーでロックを解除《かいじょ》する。

重《おも》たい扉《とびら》をもどかしく押《お》しあけて中《なか》に入《はい》り、リラを抱《だ》きおこした。

やせた肩《かた》が、小《ちい》さくふるえる。

「リラ……大丈夫《だいじょうぶ》か」

その体《からだ》には全《まった》く力《ちから》が入《はい》っていない。かなり衰弱《すいじゃく》している。

「レン？　どうして……」

うっすらと開《ひら》かれた目《め》が、おどろきでゆれた。

「言《い》っただろ。絶対見《ぜったいみ》つけるって。さあ、行《い》こう」

ジャケットを脱《ぬ》いで、リラの肩《かた》にかけた。

「レンくん……よかった。リラは無事《ぶじ》だったのね」

アマンダが駆《か》けより、張《は》りつめていた表情《ひょうじょう》を少《すこ》しほぐした。

しかしそれも一瞬《いっしゅん》のことで、すぐに表情《ひょうじょう》を引《ひ》きしめて次《つぎ》の行動《こうどう》にうつる。

「リラをつれて脱出《だっしゅつ》しましょう」

「でも、外《そと》にいる追手《おって》は……」

「大丈夫《だいじょうぶ》。私《わたし》に考《かんが》えがあるわ」

龍馬《りょうま》は無数《むすう》に飛《と》びかう銃弾《じゅうだん》を、愛刀《あいとう》ではじきつづけていた。

「ふん！」

鉛玉《なまりだま》が刀身《とうしん》とぶつかり、先端《せんたん》からまっぷたつに割《わ》れる。

「やれやれ、無粋《ぶすい》じゃのう。おなごとの感動《かんどう》の再会《さいかい》を邪魔《じゃま》するとは」

あきれ顔《がお》でつぶやいたとき、背後《はいご》でドアが開《ひら》く。

なにか大《おお》きなものを横抱《よこだ》きにしたアマンダが飛《と》びだしてきた。

どうやら、目当《めあ》ての少女《しょうじょ》を助《たす》けたらしい。

兵士《へいし》たちがいるのとは逆《ぎゃく》の方向《ほうこう》に、走《はし》っていく。

「大佐《たいさ》！　あっちにターゲットが」

「キスキル・リラを連《つ》れてる！　追《お》え、逃《に》がすな！」

兵士《へいし》たちは走《はし》りさったアマンダを追《お》って駆《か》けだした。


そして、十数秒後《じゅうすうびょうご》。

誰《だれ》もいなくなった研究室《けんきゅうしつ》に、そっと顔《かお》をのぞかせたのはレンだった。

実《じつ》はアマンダと脱出《だっしゅつ》をせず、こっそりとドアの奥《おく》に残《のこ》っていたのだ。

そして、その腕《うで》の中《なか》にいるのはリラ。

傷《きず》だらけの体《からだ》を、レンにゆだねている。

「……よし、誰《だれ》もいない。さあ。今《いま》のうちに」

「うん。ありがとう、レン」

アマンダが抱《だ》いて逃《に》げた物体《ぶったい》は、リラではない。

シーツを丸《まる》めて、自分《じぶん》のジャケットでくるんだだけの物《もの》……。

つまりは、目《め》くらましのオトリだ。

別《べつ》ルートで敵《てき》を引《ひ》きつけ、脱出艇《だっしゅってい》を確保《かくほ》してくれる手《て》はずになっている。

「オレたちは甲板《かんぱん》に行《い》こう」

リラをしっかりと横抱《よこだ》きにして、走《はし》りだす。

「よし……」

事前《じぜん》に艦内《かんない》の大《おお》まかな構造《こうぞう》は頭《あたま》に叩《たた》きこんである。

通路《つうろ》の先《さき》に、ドアの灯《あか》りが見《み》えてきた。

甲板《かんぱん》に出《で》ると、強《つよ》い海風《うみかぜ》がリラとレンの髪《かみ》をさらった。
艦上灯《かんじょうとう》が消《き》えている。あたりはまっ暗《くら》だ。
「脱出《だっしゅつ》ボートは……」
レンが一歩《いっぽ》踏《ふ》みだしたとき、前方《ぜんぽう》にカッと明《あ》かりがついた。
暴力的《ぼうりょくてき》なほどのまぶしさに、瞼《まぶた》がふるえる。
完全《かんぜん》にかこまれていた。かなりの数《かず》だ。
どうやら先《さき》まわりをされていたらしい。
「……くそっ」
同時《どうじ》にけたたましくサイレンが鳴《な》る。
びりびりと空気《くうき》がふるえ、特大《とくだい》のバトルフィールドが展開《てんかい》する。
電子《でんし》のバリアのように、艦全体《かんぜんたい》をおおいつくしていた。
兵士《へいし》たちが、一糸《いっし》乱《みだ》れぬ動《うご》きで、スマホをかまえた。
そっくり同《おな》じ姿《すがた》をしたモンスター兵《へい》が、無数《むすう》に出現《しゅつげん》する。

そしてすべての銃口《じゅうこう》が、レンとリラをねらっていた。

絶対《ぜったい》に、リラをここから逃《に》がす気《き》はないようだ。

「どうすればいい……」

リラを抱《だ》く手《て》に知《し》らず力《ちから》がこもった、そのとき。

ウィ……と音《おと》がして、床《ゆか》の一部《いちぶ》がふるえた。

航空機《こうくうき》の昇降《しょうこう》に使《つか》うデッキだろうか。

地下《ちか》からゆっくりとあがってくる。

「レーンくん。もう。なにに巻《ま》きこまれてんの？」

場《ば》ちがいなほどカラリとした声《こえ》。

甲板《かんぱん》にあがってくるのは、葵《あおい》だった。

「まったくだ」

その隣《となり》には、メガネをくいと押《お》しあげる明《あきら》。

「なんかコソコソしてたから、私《わたし》たち心配《しんぱい》してたんだよ？　もしかしたら軍事機密《ぐんじきみつ》にでもふれちゃってんじゃないかって」

そして、皆実《みなみ》もいる。

「みんな！」

「いやでもさすがに、軍事機密《ぐんじきみつ》ってのはまさかね……、と思《おも》ってたんだけど」

正面《しょうめん》の兵士《へいし》たちを見《み》て、葵《あおい》はちょっと顔《かお》をひきつらせた。

「ありえ……るのか」

さすがの明《あきら》も、おどろきを隠《かく》せない。

「はは……」

レンは苦笑《くしょう》する。

「ちょっとー、マジぃ？」

「もー。話《はな》してよね、そういうことは」

あきれ顔《がお》をしつつも、三人《にん》はスマホを取《と》りだす。

レンはリラをいたわるように、物陰《ものかげ》にそっと座《すわ》らせた。

「ここで待《ま》ってろ」

リラはしっかりとうなずく。

「行《い》くぞ、みんな！」

レンの龍馬《りょうま》がすちゃりと降《お》りたつ。

腰《こし》からゆっくりと、カタナをぬいた。

「オッケー！」

葵《あおい》のモンスターは、英雄《えいゆう》ナポレオン。

大砲《たいほう》と、ウサフィーヌというウサギの家来《けらい》たちを操《あやつ》る。

「よーし！　おいで！」

皆実《みなみ》がよびだすのはデッドラビッツ。

ノリがよくてちょっとハゲしい、双子《ふたご》のウサ耳姉妹《みみしまい》だ。

「……ふん」

明《あきら》のもとにあらわれるのは、神威《かむい》。

電撃《でんげき》をまとった刃《やいば》をもつ、漆黒《しっこく》の騎士《きし》。

「絶対《ぜったい》に……リラを助《たす》ける！」

レンの体《からだ》に、闘気《とうき》がみなぎる。

モンスター兵《へい》たちが、そろった動作《どうさ》で発砲《はっぽう》した。

「龍馬《りょうま》！」

力《ちから》を一気《いっき》に高《たか》め、レンは腕《うで》を引《ひ》いてショットする。

「はあ！」

誰《だれ》よりも早《はや》く、龍馬《りょうま》が切《き》りこんだ。

炎《ほのお》をまとい、銃撃《じゅうげき》をものともせずに突《つ》っこんでいく。

気合《きあい》とともに、水平《すいへい》に薙《な》ぎ払《はら》った。

「レン、今日《きょう》のおんしは、まっこといい目《め》をしちゅうぜよ」

モンスター兵《へい》たちがまとめて斬《き》られ、散《ち》る。

そして神威《かむい》も、俊敏《しゅんびん》に動《うご》きまわっていた。

弾幕《だんまく》の中《なか》を、目《め》にもとまらぬ速《はや》さで駆《か》ける。

銃弾《じゅうだん》の間《あいだ》をかいくぐり、背後《はいご》をとって一閃《いっせん》する。

「行《い》け、神威《かむい》！」

姿勢《しせい》を低《ひく》くとった明《あきら》のショットとともに、雷撃《らいげき》の刃《やいば》がうなる。

「いっよーし！　ぎったんぎったんにしちゃうぞ！」

皆実《みなみ》は空《そら》にむかってスマホをかかげた。

一気《いっき》に引《ひ》き絞《しぼ》ってショットする。

天井《てんじょう》から突《つ》っこんできたデッドラビッツは、強力《きょうりょく》なパンチで敵《てき》をぶん殴《なぐ》った。

「まだまだ行《い》くよ！」

「ギャン飛《と》びデバイス、オン！」

デッドラビッツは、爆弾《ばくだん》のような装置《そうち》をピッとスイッチオン。

一気《いっき》にパワーをためて、もう一度《いちど》、飛《と》びあがる。

「スーパーミラクル」

「ロケットパーンチ！」

重《おも》たい一撃《いちげき》に、周囲《しゅうい》のモンスター兵《へい》がまとめて吹《ふ》っ飛《と》んだ。

「く……あいつら」

劣勢《れっせい》を見《み》てとり、スタイルズ大佐《たいさ》が舌打《したう》ちをした。

パワーも手数《てかず》も、レンたちに分《ぶ》がある。

「これ以上《いじょう》好《す》きにさせるか……アレを使《つか》う」

瞳《ひとみ》をギラつかせ、スタイルズ大佐《たいさ》はつぶやいた。

一歩《いっぽ》進《すす》みでて自《みずか》らのスマホに指《ゆび》を滑《すべ》らせる。

ずし……

不吉《ふきつ》な音《おと》を立《た》て、空母《くうぼ》の甲板《かんぱん》が揺《ゆ》れる。

「な……なんだ？」

なにかとてつもなく大《おお》きなものがせまってくる気配《けはい》がした。

バトルフィールドの天井《てんじょう》から、空《そら》を割《わ》るようにぬるりぬるりと少《すこ》しずつ、黒《くろ》いなにかが姿《すがた》をあらわす。

実体《じったい》のない「それ」はゆっくりと像《ぞう》をむすぶように、形《かたち》をはっきりさせていった。

最初《さいしょ》に三角形《さんかくけい》の尾《お》びれ。

次《つぎ》に流線形《りゅうせんけい》の体《からだ》。

一対《いっつい》の羽《はね》のように大《おお》きな、胸《むな》びれ。

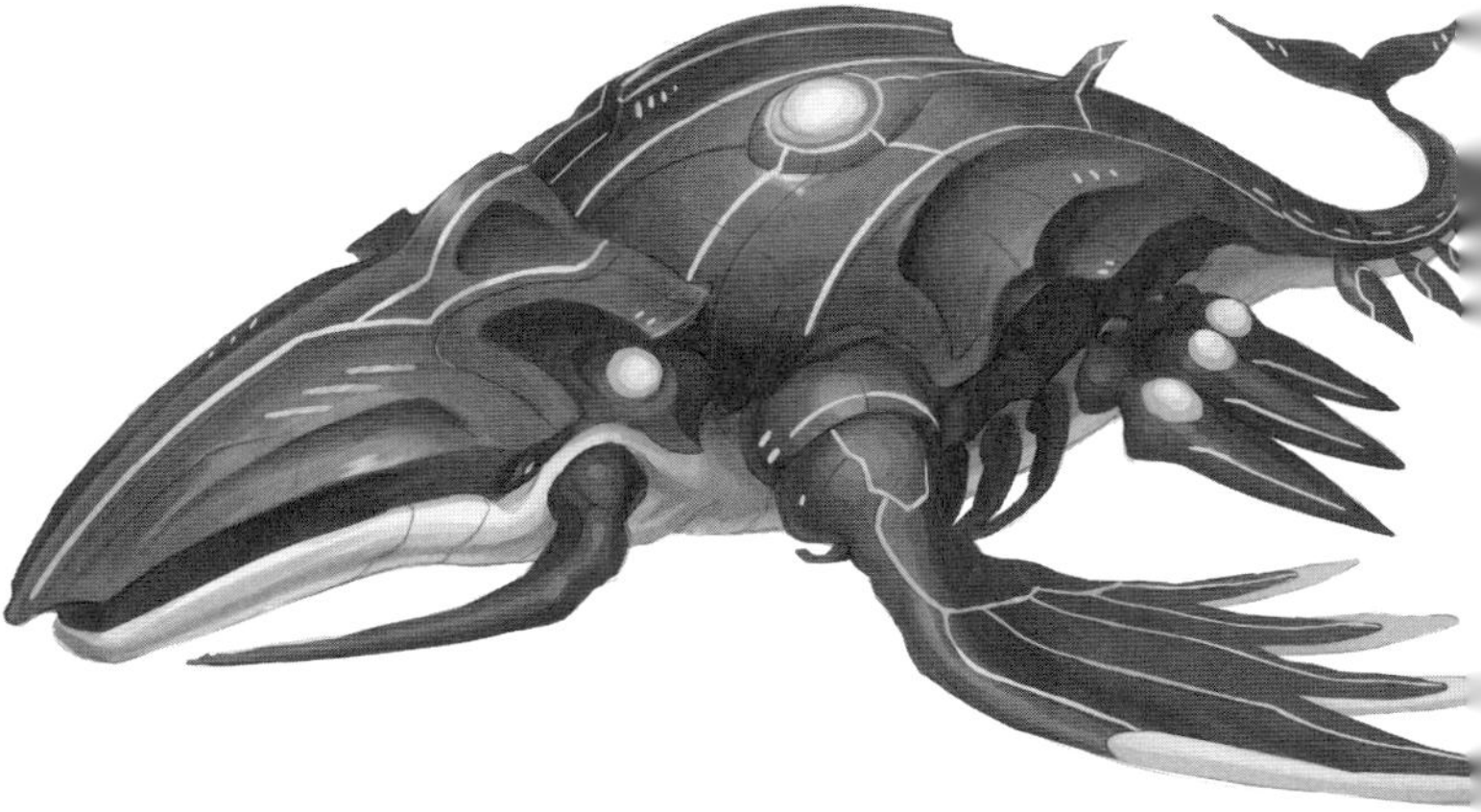

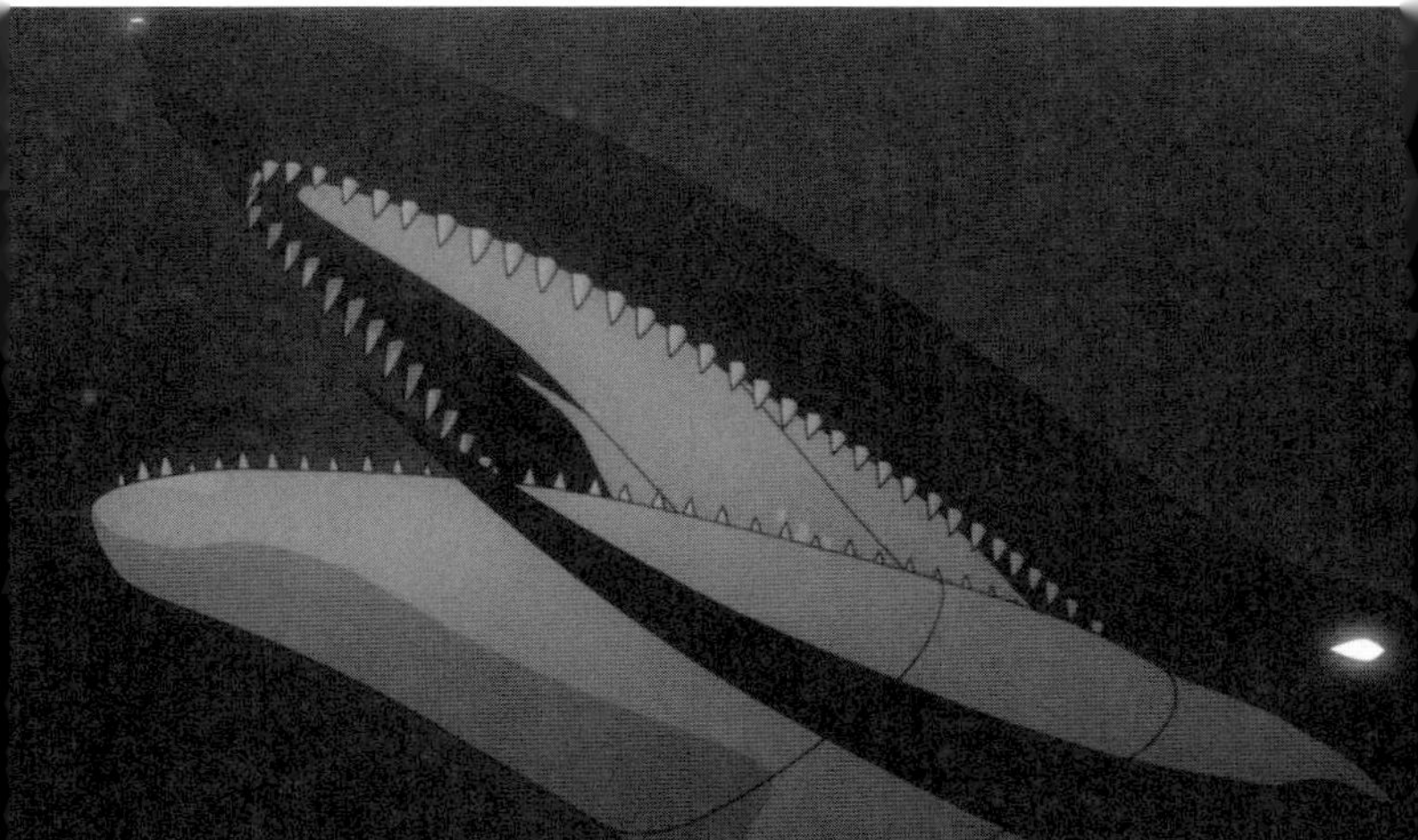

「……鯨《くじら》？」

葵《あおい》がつぶやいた。

確《たし》かに、それは鯨《くじら》に似《に》ている。

形《かたち》だけではなく、異様《いよう》な大《おお》きさも。

かぱりと大《おお》きく開《あ》いた口元《くちもと》には、無数《むすう》のするどい牙《きば》がならんでいた。

「なんて大《おお》きさだ……」

「それ」は夜空《よぞら》を泳《およ》ぐようにのぼっていく。

キシャアアア！

魔物《まもの》のような吠《ほ》え声《ごえ》が、空母《くうぼ》の甲板《かんぱん》にとどろく。

そのまま巨体《きょたい》をゆっくりと泳《およ》がせ、甲板《かんぱん》に腹《はら》をつけるように着地《ちゃくち》した。

ただそれだけで、あたりにぶわ、と風《かぜ》が吹《ふ》きぬける。

「これはオケアノス。まだ試用段階《しようだんかい》だが、どうだ、大《たい》したパワーだろう」

スタイルズ大佐《たいさ》がくちびるをつりあげて笑《わら》う。

「オケアノス……ギリシャ神話《しんわ》の海神《かいじん》と同《おな》じ名前《なまえ》か。大《おお》きく出《で》たものだな」

明《あきら》が低《ひく》く言《い》った。

黒々《くろぐろ》としたモンスターの放《はな》つ圧《あつ》は、確《たし》かにすさまじい。

ドカッ！

空中《くうちゅう》から尾《お》びれで甲板《かんぱん》を打《う》つ。

巨大《きょだい》な空母《くうぼ》が、その一撃《いちげき》でぐらりとゆれた。

「やばい、こいつ……」

葵《あおい》が一歩《いっぽ》あとずさって、つぶやいた。

そのころ。

「なんだ、今《いま》の音《おと》は！」

「落《お》ち着《つ》いてください！　とにかくこちらへ！」

突然《とつぜん》の轟音《ごうおん》に、パーティー会場《かいじょう》の来客《らいきゃく》たちは避難《ひなん》をはじめていた。

「うう～ん、オラ様食《さまた》べすぎたである……」

「うっぷす……飲《の》みすぎてしまった……」

オラゴンとドルフは、それぞれ似《に》たような理由《りゆう》でダウンしている。

オケアノスは空《そら》をぬめぬめと泳《およ》いでいく。

「な、なんか気《き》持《も》ち悪《わる》い！」

叫《さけ》んだ皆実《みなみ》の間近《まぢか》で、熱線《ねっせん》がさく裂《れつ》した。

「きゃう！」

衝撃《しょうげき》で甲板《かんぱん》にたたきつけられてしまう。

オケアノスは不気味《ぶきみ》に目《め》を光《ひか》らせ、体《からだ》のあちこちからひたすらに、まっ赤《か》な熱線《ねっせん》をはなっている。

「アイツ、レーザーも撃《う》てるの？　……ナポレオン！」

葵《あおい》の声《こえ》にこたえ、英雄《えいゆう》ナポレオンがサーベルをぬきはなつ。

「余《よ》の超火力《ちょうかりょく》をくらえ！」

剣《けん》を振《ふ》ると、衝撃波《しょうげきは》が広《ひろ》がる。

甲板《かんぱん》の上《うえ》の兵士《へいし》が何人《なんにん》かふっとんだ。

しかしオケアノスには、届《とど》かない。

「この……バケモノめ！　余《よ》が沈《しず》めてくれる。全軍突撃《ぜんぐんとつげき》！」

「みー！」

部下《ぶか》のウサフィーヌたちが、突撃《とつげき》していく。

大砲《たいほう》に火《ひ》が入《はい》り、砲弾《ほうだん》が飛《と》んでいった。

……それらはすべて、オケアノスの表皮《ひょうひ》にはじかれる。

「効《き》いてない！」

魚《さかな》のような姿《すがた》をしているが、全身《ぜんしん》は硬《かた》い装甲《そうこう》につつまれているようだ。

「それはそれでばっこんばっこんにしちゃうでしょ！　GO《ゴー》！　デドラビちゃん！」

皆実《みなみ》の手《て》からはなたれたデッドラビッツが、拳《こぶし》をうちつけた。

しかし二体同時《たいどうじ》に攻撃《こうげき》しても、びくともしない。

オケアノスは鼻先《はなさき》を上向《うわむ》け、周囲《しゅうい》の粒子《りゅうし》を吸《す》いこみはじめた。

「……やばい！　なにかくるぞ！」

牙《きば》の生《は》えた口《くち》の中《なか》に、球体《きゅうたい》のエネルギーがたまっていく。

一気《いっき》にはいた！

「うわあっ」

周囲《しゅうい》すべてを焼《や》きつくすような、極太《ごくぶと》のレーザーだった。

ナポレオンとデッドラビッツが、海《うみ》のほうに飛《と》んでいく。

「くそ、強《つよ》い……」

直接《ちょくせつ》くらったわけでもないのに、全身《ぜんしん》の肌《はだ》がビリビリしている。

「明《あきら》、やるぞ！」

「ああ」

レンと明《あきら》がそろった動《うご》きでぐっと、腕《うで》を引《ひ》いた。

龍馬《りょうま》と神威《かむい》もまた一糸《いっし》乱《みだ》れず、それぞれの剣《けん》で斬《き》りつける。

龍馬《りょうま》は右側《みぎがわ》の翼《つばさ》、神威《かむい》は左側《ひだりがわ》の翼《つばさ》からだ。

両者《りょうしゃ》、クロスするように斬《き》りむすんだ。

しかし、オケアノスはびくともしない。

「なんて硬《かた》いヤツだ！」

それどころか、細《ほそ》いレーザーをうち返《かえ》して龍馬《りょうま》をバトルフィールドの天井《てんじょう》に激《はげ》しく叩《たた》きつけた。

「ぐっ……」

「龍馬《りょうま》！」

甲板《かんぱん》に落《お》ちた龍馬《りょうま》は再《ふたた》びカタナを振《ふ》りかぶった。

神威《かむい》もすかさず援護《えんご》にはいり、斬《き》りかかる。

しかし、オケアノスの体《からだ》にはキズひとつつかなかった。

「ふふふ……ははは！　とどめだ」

スタイルズ大佐《たいさ》は高《たか》く笑《わら》い、指先《ゆびさき》だけですっとスマホを操《あやつ》る。

オケアノスが口《くち》を開《あ》け、また力《ちから》をためはじめた。

さっきよりも大《おお》きなエネルギーの塊《かたまり》が、どんどんとふくれあがっていく。

あれをくらったら、まずい。

「こんなのどうやって倒《たお》せばいいんだ」

レンがうめいたとき、近《ちか》くで声《こえ》がした。

「レン……私《わたし》見《み》てたの」

振《ふ》りかえればリラだった。

弱《よわ》った体《からだ》で壁《かべ》をつたって、這《は》うように歩《ある》いてくる。

「リラ！　だめだ、こっちにきたら……」

「レン、口《くち》なの。弱点《じゃくてん》は口《くち》の中《なか》よ」

リラが必死《ひっし》に告《つ》げる。

レンははっとして、オケアノスの口《くち》のあたりを見《み》た。

その中《なか》では力《ちから》が増幅《ぞうふく》しつづけている。

「あの奥《おく》に、弱点《じゃくてん》が……」

「レン。一かバチかだ」

「……ああ！」

明《あきら》の言葉《ことば》に、レンはうなずいた。

口《くち》をがばりと開《あ》けてレーザーを発《はっ》する、その瞬間《しゅんかん》に飛《と》びこむしかない。
「……行《い》くぞ」
レンと明《あきら》は、まっすぐに立《た》ち、腕《うで》を引《ひ》いた。
オケアノスのパワーは高《たか》まり切《き》っている。
ならばこちらも、すべての力《ちから》をぶつけるまでだ。
「世《よ》に生《せい》を得《う》るは事《こと》をなすにあり……やるしかないきに！」
龍馬《りょうま》と神威《かむい》がぐっと腰《こし》を落《お》として、いつでも攻撃《こうげき》できるかまえをとった。
ふたりのカタナの切《き》っ先《さき》は、まっすぐにオケアノスのほうをむいている。
『ストライクショット！』
レンと明《あきら》は一糸乱《いっしみだ》れぬ動《うご》きでエネルギーをひきしぼり、そして、手《て》をはなした。
力《ちから》が一気《いっき》に、解放《かいほう》される。
放《はな》たれた龍馬《りょうま》と神威《かむい》は、ごう！　と一直線《いっちょくせん》、オケアノスにむかっていく。
龍馬《りょうま》は深紅《しんく》、神威《かむい》は黄金《おうごん》の光《ひかり》をまとって、突《つ》き進《すす》む。
それは空中《くうちゅう》でひとつになり、竜《りゅう》の形《かたち》をとった。

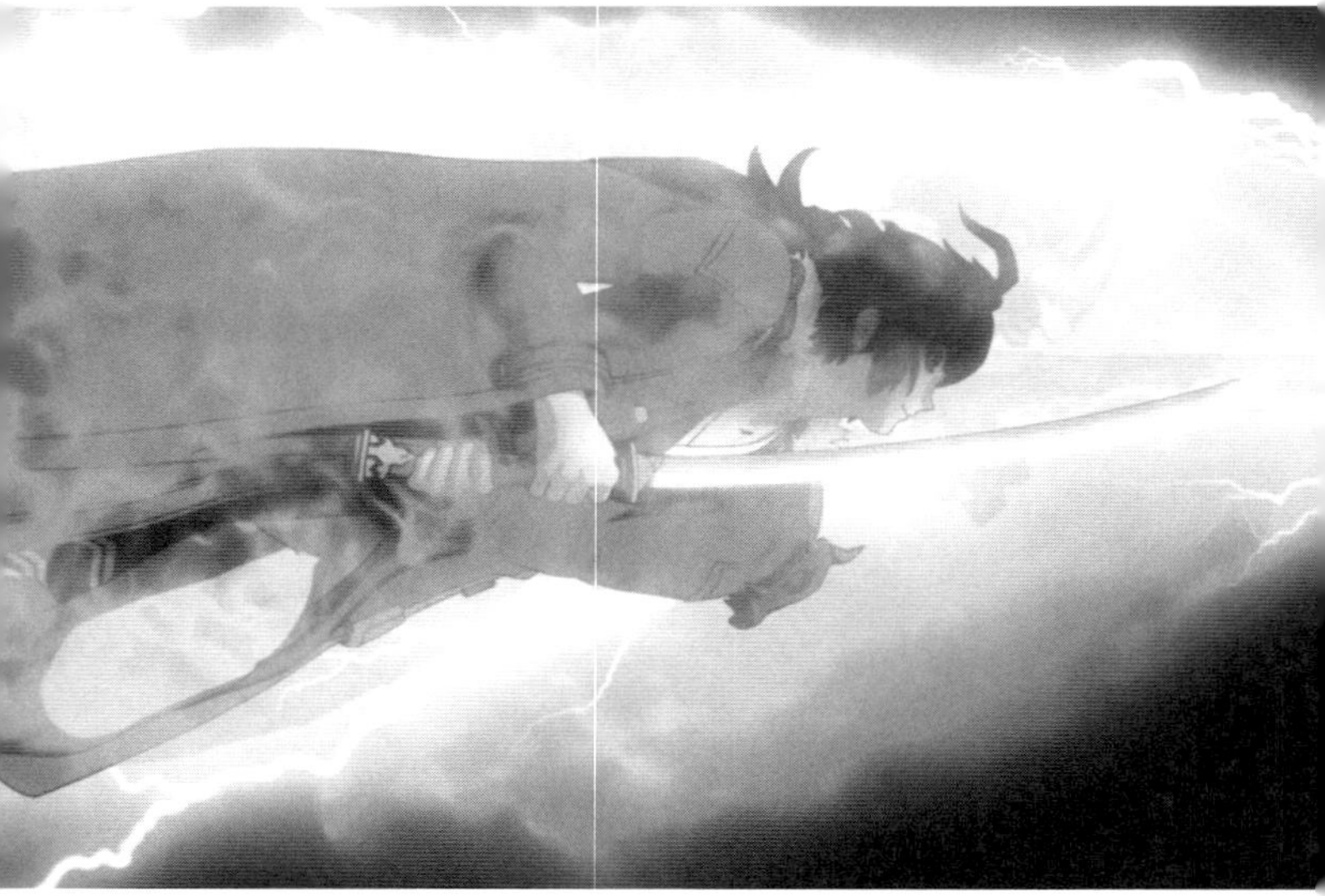

「突《つ》っこんでくるとは、血迷《ちまよ》ったか！」

スタイルズ大佐《たいさ》が顔《かお》をゆがめて笑《わら》う。

があっ！

オケアノスから、まばゆいレーザーがはきだされた。

正面《しょうめん》から直撃《ちょくげき》する……と思《おも》った一瞬後《いっしゅんご》、龍馬《りょうま》たちは軌道《きどう》を変《か》える。

スレスレのところでかわし、なおも勢《いきお》いを殺《ころ》さずに突《つ》っこむ。

「なに……？」

スタイルズ大佐《たいさ》が身《み》じろぎした。

「神威《かむい》……今《いま》だ！」

明《あきら》が叫《さけ》ぶ。

龍馬《りょうま》と神威《かむい》は、二手《ふたて》にわかれる。

それぞれ別《べつ》の方向《ほうこう》から、オケアノスに襲《おそ》いかかった。

上方向《うえほうこう》に軌道《きどう》を変《か》えた神威《かむい》は、ギンと激《はげ》しく天井《てんじょう》にぶつかって鋭角《えいかく》に跳《は》ねかえり、その勢《いきお》いでさらに加速《かそく》する。

そのまま一気《いっき》に下降《かこう》した。
レーザーをはなった直後《ちょくご》のオケアノスは、今《いま》にも口《くち》を閉《と》じようとしている。
完全《かんぜん》に閉《と》じる寸前《すんぜん》、神威《かむい》は口《くち》のなかに滑《すべ》りこんだ。
舌《した》の上《うえ》に立《た》ち、口内《こうない》からこじ開《あ》けるように、一気《いっき》に上《うわ》あごへ刀《かたな》を突《つ》きさす。
脳天《のうてん》を一息《ひといき》につらぬいた。
装甲《そうこう》のない口内《こうない》を攻《せ》められて、オケアノスはもだえる。
ふたたび口《くち》が開《あ》き……さらに大《おお》きなスキが生《う》まれた。
そうして神威《かむい》が開《ひら》いた道《みち》に、今度《こんど》は龍馬《りょうま》が突《つ》っ込《こ》んでくる。
「**これで……仕舞《しま》いじゃああああ！**」
龍馬《りょうま》は渾身《こんしん》の力《ちから》を込《こ》めて、弱点《じゃくてん》であるひとつのポイントを狙《ねら》う。
「**ハアアアアア！**」
速《はや》さをまったく失《うしな》わないまま貫通《かんつう》して、オケアノスの背《せ》から飛《と》びだした。
さらに側面《そくめん》フィールドで跳《は》ねかえり、とどめのひと突《つ》きを見舞《みま》う。
激《はげ》しい火花《ひばな》が散《ち》り、一瞬《いっしゅん》なにも見《み》えなくなった。

オケアノスの巨体《きょたい》が甲板《かんぱん》に激《はげ》しくたたきつけられる。

ギャアアア！

カタナの刺《さ》さった部分《ぶぶん》から、光《ひかり》が漏《も》れだす。

海《うみ》の色《いろ》の粒子《りゅうし》をまき散《ち》らして、オケアノスはびちりと大《おお》きくひとつはねた。

そしてわずか一瞬《いっしゅん》で、データが消失《しょうしつ》するようにカッとくずれて消《き》える。

爆発《ばくはつ》をのがれた神威《かむい》が、タッと降《お》りたつ。

「やった！　すごいすごい！」

皆実《みなみ》がぴょんぴょんしている。

「オケアノスを倒《たお》しただと……？　クソ！　援軍《えんぐん》をよべ」

スタイルズ大佐《たいさ》はスマホに指《ゆび》を走《はし》らせる。サイレンが鳴《な》った。

暗闇《くらやみ》がもどった甲板《かんぱん》に、兵士《へいし》たちが走《はし》ってくる足音《あしおと》がする。

「レン。今《いま》のうちに逃《に》げろ。ここは俺《おれ》たちがどうにかする」

明《あきら》がレンに叫《さけ》んだ。

「行《い》け。守《まも》りたいんだろう。その子《こ》を」

「明《あきら》……」

「レンくん！　こっちよ」

振《ふ》りかえればアマンダが、リラを抱《だ》きかかえて甲板《かんぱん》から脱出《だっしゅつ》しようとしている。

レンは大《おお》きくひとつうなずき、走《はし》りだした。

4

軍用《ぐんよう》ボートのエンジン音《おん》が、海上《かいじょう》にひびいている。

「どうにか脱出《だっしゅつ》できたわね……」

背後《はいご》で『エクセルシオ』が少《すこ》しずつ遠《とお》ざかる。

漆黒《しっこく》の海《うみ》の上《うえ》を、すべるように船《ふね》は進《すす》んでいた。

周囲《しゅうい》に陸地《りくち》は見《み》えない。

レンの腕《うで》の中《なか》にはリラがいる。

どうにか助《たす》けだせた……とホッとしかけたときだった。

「！」

風《かぜ》の中《なか》に、もうひとつのモーター音《おん》がひびく。

「……しつこいわね」

操縦席《そうじゅうせき》のアマンダが眉間《みけん》にぐっとしわをよせる。

追《お》ってきているのは、荒々《あらあら》しい顔《かお》つきのスタイルズ大佐《たいさ》だった。

「逃《に》がしはしない！」

ぐんぐんとスピードをあげ、レンの乗《の》るボートにせまってくる。

「キスキル・リラを返《かえ》してもらおう！」

それはばかりかためらわずに、銃《じゅう》をぬいて撃《う》ってきた。

「！　なんてことを。しっかりつかまって！」

アマンダがボートを加速《かそく》させた。モーター音《おん》がうなる。

銃声《じゅうせい》は三《みっ》つ、四《よっ》つとつづく。

「跳弾《ちょうだん》がくるわ！　ふせて！」

「ぐっ！」

アマンダが叫《さけ》ぶのと、レンがうめくのが同時《どうじ》だった。

どこかにあたった弾《たま》が跳《は》ねかえり、レンのわき腹《ばら》をかすめる。

……いや、かすめるというには、少《すこ》しばかり深《ふか》い。

焼《や》けるような痛《いた》みがおそった。

じわりと瞬時《しゅんじ》に、血《ち》がにじむ。

「レンくん！　……スタイルズ、貴様《きさま》！」

アマンダもまた、銃《じゅう》をぬいて撃《う》ちかえした。

射撃《しゃげき》の腕《うで》は確《たし》かなのだろう。

ボートを操《あやつ》りながらの、たった二発《はつ》。

それだけで、スタイルズ大佐《たいさ》がひるんだように船《ふね》を失速《しっそく》させた。

「傷口《きずぐち》をおさえて……どこかで手当《てあ》てをするわ！」

激《はげ》しく水《みず》しぶきをあげながら、ボートは波間《なみま》を進《すす》んでいく。


港《みなと》までもどっている余裕《よゆう》はない。

そう判断《はんだん》したアマンダは、沖合《おきあい》の小《ちい》さな無人島《むじんとう》に上陸《じょうりく》した。

ぐねぐねとした幹《みき》を持《も》つ原生林《げんせいりん》が広《ひろ》がっている。

「ここならスタイルズにも見《み》つからないはず。リラは森《もり》の奥《おく》に運《はこ》んだわ。がんばって」

「……っ、はい」

アマンダに肩《かた》を借《か》りて、レンはゆっくりと歩《ある》く。
一歩《いっぽ》進《すす》むごとに、おさえた指《ゆび》の隙間《すきま》から血《ち》がしたたる。
ひたいからぽたりと脂汗《あぶらあせ》が落《お》ちた。

森《もり》の奥《おく》には、水《みず》が流《なが》れる泉《いずみ》があった。
蛍《ほたる》がちらちらと舞《ま》っている。
緑《みどり》は深《ふか》く、ここなら誰《だれ》にも見《み》つからないだろう。
木々《きぎ》の隙間《すきま》から微《かす》かに見《み》える空《そら》には、星《ほし》がちらばっている。
都会《とかい》では考《かんが》えられないような明《あか》るさで光《ひか》っていた。
アマンダは木《き》の幹《みき》にレンの体《からだ》をそっと、横《よこ》たえる。
「うっ……」
わき腹《ばら》は、ずっと痛《いた》みつづけている。呼吸《こきゅう》が荒《あら》い。

「……よかった。弾《たま》はぬけているわね。少《すこ》しだけがまんして」

シャツの前《まえ》を広《ひろ》げて、アマンダは手当《てあ》てをはじめた。

ボートに積《つ》んであった衛生《えいせい》キットで消毒《しょうどく》をされる。

「つっっ！」

激痛《げきつう》に体《からだ》が跳《は》ねあがった。

「レン……」

リラが心配《しんぱい》そうに、レンの顔《かお》をのぞきこんでいた。

大丈夫《だいじょうぶ》だよ、と強《つよ》がって笑《わら》おうとした、そのとき。

「ほう。いい場所《ばしょ》を選《えら》んだな」

ざっ、と土《つち》を踏《ふ》む音《おと》がした。

「！」

スタイルズ大佐《たいさ》が、勝《か》ちほこったような顔《かお》で立《た》っている。

しっかりとスマホをにぎっていた。

すっと指《ゆび》が滑《すべ》り、バトルフィールドが展開《てんかい》する。

「……オケアノス……」

森《もり》をふきとばすような勢《いきお》いであらわれたのは、巨大《きょだい》な鯨《くじら》。

もうダメージを修復《しゅうふく》したのだろうか。

あちこち装甲《そうこう》ははがれているが、その目《め》はらんらんと光《ひか》っている。

「ここなら思《おも》いきりやれる」

スタイルズ大佐《たいさ》が余裕《よゆう》たっぷりに両手《りょうて》を広《ひろ》げた。

傷《きず》ついたレンを見《み》て勝《か》ちを確信《かくしん》したのか、残忍《ざんにん》な顔《かお》つきだ。

「く……」

アマンダがリラとレンを背後《はいご》にかばうように前《まえ》に立《た》った。

「……オレがやります」

レンはふらつく足《あし》で、立《た》ちあがった。

まだ、闘《たたか》える。そう思《おも》ってスマホを出《だ》す。

しかしスタイルズ大佐《たいさ》はためらわず、銃《じゅう》をぬいた。

レンの手《て》から、スマホが弾《はじ》き飛《と》ばされて落《お》ちる。

「ふはは！　やれ！」

オケアノスがヒレで地面《じめん》を打《う》った。

轟音《ごうおん》とともに、ぐらりと足元《あしもと》が揺《ゆ》れる。

ケガをしたレンは立《た》っていることができない。

「うっ！」

土《つち》の地面《じめん》にたおれこんだ。

叩《たた》きつけられるその瞬間《しゅんかん》、レンの体《からだ》をつつむようにして守《まも》ったのは、リラだった。

「だめだ……リラ」

リラの体《からだ》だって、弱《よわ》っているのに。

そう思《おも》って立《た》ちあがろうとするレンの手《て》を、リラがそっとつつむ。

まっすぐに目《め》を合《あ》わせて、言《い》った。

「レン。私《わたし》をはなって」

「リラ……？」

自分《じぶん》がモンスターとして戦《たたか》う。そう言《い》っているのだろうか。

しかしそんなことをさせられるわけがない。
「レン、お願《ねが》い」
まつ毛《げ》がふれあうような距離《きょり》で、リラは懇願《こんがん》する。
静《しず》かな決意《けつい》をかんじた。
大《おお》きな目《め》が揺《ゆ》れて光《ひか》っている。
『助《たす》けて』とレンにすがってきたときよりもずっと、強《つよ》い光《ひかり》。
「…………わかった」
地面《じめん》に落《お》ちているスマホを、ぐっとつかんだ。
リラは指先《ゆびさき》でそっと、スマホに触《ふ》れる。
ぷちりと音《おと》を立《た》てて、画面《がめん》が光《ひか》った。
リラの力《ちから》が注《そそ》がれている。スマホにも、レンにも。
ゆっくりと立《た》ちあがり、息《いき》を吸《す》った。
オケアノスは島《しま》の上空《じょうくう》をゆっくりと旋回《せんかい》して、もどってくる。
口《くち》を開《ひら》いて、力《ちから》をためこみはじめた。

「……レン。ありがとう」

ふわりと、リラの体《からだ》が浮《う》きあがる。

ひらひらと風《かぜ》にはためく白《しろ》いワンピースが光《ひかり》をはなつ。

それは白銀《はくぎん》のベールのようにリラをつつみこんだ。

海《うみ》の色《いろ》の髪《かみ》がふわりと広《ひろ》がる。

長《なが》いひれがゆらめき、ぱさりと夜空《よぞら》に粒子《りゅうし》をまき散《ち》らす。

美《うつく》しい人魚姫《にんぎょひめ》のような、それはキスキル・リラが進化《しんか》した姿《すがた》だ。

レンの腕《うで》の動《うご》きとシンクロするように、リラは空《そら》を泳《およ》ぎだす。

やさしいけれど確《たし》かな力《ちから》を持《も》った、まばゆい光《ひかり》がその体《からだ》をつつむ。

光《ひかり》は緩《ゆる》やかに強《つよ》まり、そして同時《どうじ》に泳《およ》ぐ速《はや》さも上昇《じょうしょう》していく。

オケアノスのレーザーを無力化《むりょくか》しながら、リラはただ、まっすぐに進《すす》んだ。

島全体《しまぜんたい》をつつみこむように光《ひかり》がはじけ、オケアノスの断末魔《だんまつま》の叫《さけ》びがひびきわたる。

南《みなみ》の星空《ほしぞら》を、閃光《せんこう》が貫《つらぬ》いた。


「そんな……またしても」

リラとレンの力《ちから》によって今度《こんど》こそ、オケアノスは消《き》えた。

信《しん》じられないとばかり、スタイルズ大佐《たいさ》が後《あと》ずさる。

その背《せ》にすっとあるものが押《お》し当《あ》てられる。

アマンダの銃口《じゅうこう》だった。

「大佐《たいさ》。抵抗《ていこう》をやめなさい。私《わたし》はあなたを……告発《こくはつ》します」

「…………」

スタイルズは観念《かんねん》したように両腕《りょううで》をあげる。

地面《じめん》に降《お》り立《た》ったリラが、力尽《ちからつ》きたようにぺったりとすわりこんだ。

「はぁ、はぁ……」

レンの呼吸《こきゅう》が荒《あら》くなっていく。

森《もり》にはリラとレンだけが残《のこ》っていた。

アマンダは縛《しば》りあげたスタイルズをボートに乗《の》せ、助《たす》けを呼《よ》ぶために海《うみ》へ出《で》ていった。

地面《じめん》には、粉々《こなごな》になったレンのスマホが落《お》ちている。

早《はや》くスマホに格納《かくのう》しないと、リラの体力《たいりょく》も奪《うば》われるばかりだ。

「っ……あ……」

レンはひたすら、痛《いた》みに耐《た》えていた。

出血《しゅっけつ》は止《と》まっているが、手足《てあし》がじんわりと冷《ひ》えて、意識《いしき》がもうろうとする。

「……へへっ。よかった」

それでも、無理《むり》をして笑《わら》ってみせた。

「レン……」

その様子《ようす》を見《み》て、リラがぐっと、小《ちい》さな手《て》をにぎる。

なにかを決意《けつい》したようにそっと、レンの服《ふく》をはだけさせた。

まだじんわりと血《ち》が染《し》みだす傷口《きずぐち》、そこにすっと手《て》をかざす。

ぽわりと暖《あたた》かな光《ひかり》が、レンをつつんだ。

それは海《うみ》の少女《しょうじょ》キスキル・リラの治癒《ちゆ》の祈《いの》り。

「だめだ、リラ。やめないと、君《きみ》が」

レンはか細《ぼそ》く訴《うった》えた。

リラの手足《てあし》の先《さき》はうっすらと消《き》えかかっている。

これ以上力《いじょうちから》を使《つか》えば、あるいは。

「大丈夫《だいじょうぶ》。じっとしてて」

まるで添《そ》い寝《ね》でもするように、リラはレンに体《からだ》をあずけた。

「巻《ま》きこんでごめんなさい。レン……本当《ほんとう》に、ありがとう」

そうつげる間《あいだ》も、リラの体《からだ》からは少《すこ》しずつ、色《いろ》がぬけていく。

止《と》めなくては、と思《おも》うけれど、体《からだ》に力《ちから》が入《はい》らない。

「私《わたし》、あなたに何度《なんど》も助《たす》けられた。だから今度《こんど》は……私《わたし》が助《たす》けるの」

やさしい力《ちから》が注《そそ》がれていく。

薄《うす》れていく意識《いしき》の中《なか》で、レンは思《おも》い出《だ》していた。

海辺《うみべ》で出会《であ》ってからの、リラのいくつもの表情《ひょうじょう》。

「私《わたし》……レンのこと、消《き》えたってずっと忘《わす》れない」

耳元《みみもと》で小《ちい》さく、ささやかれた。

リラは幸《しあわ》せそうにほほ笑《え》んでいる。

「オレだって……忘《わす》れるはず……ない……何度《なんど》だって」

うまく動《うご》かない口《くち》で、どうにか言葉《ことば》をつなぐ。どうしてもリラに、伝《つた》えたかった。

「何度《なんど》だって、見《み》つけてみせ……る。君《きみ》は……ひとりじゃ、な……」

力《ちから》を振《ふ》りしぼって切《き》れぎれにそうつげた。

治癒《ちゆ》の光《ひかり》がいよいよ、高《たか》まっていく。

まぶしくて、もうなにも見《み》えない。

「私《わたし》、レンのこと好《す》きになってた。きっとまた会《あ》えるよね」

最後《さいご》にうなずきを返《かえ》せたのかどうか、わからなかった。

意識《いしき》がとだえる一瞬前《いっしゅんまえ》、くちびるになにかあたたかいものが触《ふ》れたことだけ、覚《おぼ》えている。


レンは鳥《とり》の声《こえ》で目《め》を覚《さ》ました。

太《ふと》い木々《きぎ》がうっそうと茂《しげ》る森《もり》のなか、横《よこ》になっていた。

夜明《よあ》けの泉《いずみ》にはうっすらと霧《きり》がかかっている。

朝《あさ》の光《ひかり》が細《ほそ》く、差《さ》しこんでいた。

「……リラ……?」

体《からだ》を起《お》こすが、そばには誰《だれ》もいない。

地面《じめん》に砕《くだ》けたスマホがあるだけだ。

手《て》でそっと触《ふ》れると、腹《はら》の傷《きず》はふさがっている。

リラが最後《さいご》の力《ちから》で、自分《じぶん》を助《たす》けてくれた。

そう理解《りかい》して、やるせない気持《きも》ちになった。
しかし、同時《どうじ》によみがえるのは「きっとまた会《あ》える」という声《こえ》だった。
やさしい光《ひかり》をまとったリラが、今《いま》でもすぐそばにいるような気《き》がする。
上空《じょうくう》からパラパラと、ヘリコプターの音《おと》が聞《き》こえた。

エピローグ

それから、半月《はんつき》ほどがたったある日《ひ》のこと。

『航行中《こうこうちゅう》、火災《かさい》が発生《はっせい》した空母《くうぼ》『エクセルシオ』に関《かん》して、国防総省《こくぼうそうしょう》は機器《きき》の故障《こしょう》が原因《げんいん》との見解《けんかい》を示《しめ》しました。この件《けん》に関《かん》してはジェームズ・スタイルズ大佐《たいさ》の責任《せきにん》を明確《めいかく》にしたいとの考《かんが》えが示《しめ》されており……』

ニュースではそんな風《ふう》に、あの日《ひ》のできごとを報《ほう》じていた。

なにもかもが明《あか》るみに出《で》たわけではない。

しかしアマンダたちの手《て》によって調査《ちょうさ》はおこなわれている。

いずれ、すべての企《たくら》みがあばかれる日《ひ》もくるだろう。

「あーあ。ウソばっかり」

ニュースを見《み》ていたタブレットの電源《でんげん》を切《き》り、葵《あおい》が軽《かる》く息《いき》をつく。

喫茶《きっさ》『皆風《みなみかぜ》』には、いつもとおなじゆったりした時間《じかん》が流《なが》れていた。

「しかしそんなことになっていたとはな」

エプロンをつけたドルフがうーむ、とうなる。

「オラ様《さま》たち、ずっと寝《ね》てたであるからな〜」

「んも〜。見《み》てれば良《よ》かったのに。私《わたし》たち、圧勝《あっしょう》！　しちゃったんだからね」

厨房《ちゅうぼう》からひょこっと顔《かお》を出《だ》して皆実《みなみ》が言《い》う。

「じゃあはじめるよ、沖縄土産《おきなわみやげ》、早食《はやぐ》い競争《きょうそう》！」

そしてテーブルに置《お》かれるのは、ほかほかと湯気《ゆげ》を立《た》てるどんぶりが四《よっ》つ。

「まずはこれ。ヤギ汁《じる》！　それに豆腐《とうふ》よう！」

なぜか、匂《にお》いがきついものばかりだった。

「つづいてこれ！　ちんすこう！　ムラサキイモのパイ！」

今度《こんど》はパサパサのものばかりだった。

「……ありえない……」

今日《きょう》もカウンターで文庫本《ぶんこぼん》を読《よ》んでいる明《あきら》が、そうつぶやく。

「ほら、レンくんも！」

皆実《みなみ》に呼《よ》ばれて、隅《すみ》の席《せき》に座《すわ》っていたレンは顔《かお》をあげる。
青《あお》い空《そら》をぼんやりと、ながめていた。
この空《そら》は沖縄《おきなわ》ともつながってるんだな、なんて、ガラにもないことを考《かんが》えながら。
「ん、わかった」
立《た》ちあがると、カウンターの端《はし》に置《お》かれた真新《まあたら》しい集合写真《しゅうごうしゃしん》が目《め》に入《はい》る。
沖縄《おきなわ》の最終日《さいしゅうび》、アマンダやドルフやオラゴンも、みんないっしょに海《うみ》で泳《およ》いだ。
今《いま》でもくっきり思《おも》い出《だ》せるくらい暑《あつ》くて……楽《たの》しかった。
リラのことを考《かんが》えると、まだ心《こころ》は痛《いた》むけど。
でも絶対《ぜったい》また、いつか会《あ》えると信《しん》じている。
「よっしゃ。なにから食《た》べる？」
笑顔《えがお》で言《い》うと、写真《しゃしん》の中《なか》の太陽《たいよう》がキラリと光《ひか》ったような気《き》が

した。

深《ふか》い森《もり》の奥《おく》に、藍色《あいいろ》の光《ひかり》が舞《ま》っていた。
大樹《たいじゅ》に囲《かこ》まれた小《ちい》さな泉《いずみ》。
さらさらと水《みず》が流《なが》れていた。
海《うみ》の色《いろ》の粒子《りゅうし》が、キラキラと光《ひか》りながらより集《あつ》まる。
少《すこ》しずつ少《すこ》しずつ、よみがえるように形《かたち》をハッキリさせていく。
『それ』は生《う》まれたての人魚姫《にんぎょひめ》のように、ゆっくりと目《め》を開《あ》けた。

2 レイン・オブ・メモリーズ

RAIN OF MEMORIES

RAIN OF MEMORIES

レイン・オブ・メモリーズ　キャラクター紹介《しょうかい》

仙台《せんだい》から神《かみ》ノ原中学校《はらちゅうがっこう》へ転《てん》校《こう》してきた、無愛想《ぶあいそう》な中学《ちゅうがく》1年生《ねんせい》。あるできごとにより、復讐心《ふくしゅうしん》に燃《も》えている。

妹《いもうと》のルリが心《こころ》に深《ふか》い傷《きず》をおい……!?

明《あきら》と同《おな》じクラスメート。温和《おんわ》な性格《せいかく》の男《おとこ》の子《こ》で、明《あきら》をチームに勧誘《かんゆう》しようとする。

春馬《はるま》と同《おな》じチーム

仙台《せんだい》からの遠征組《えんせいぐみ》

明《あきら》が、仙台《せんだい》で通《かよ》っていた中学《ちゅうがく》の一学年《がくねん》上《うえ》の先輩《せんぱい》チーム。親《おや》が地元《じもと》の権力者《けんりょくしゃ》のため、妙《みょう》な技《わざ》でやりたい放題《ほうだい》やっているらしく……？

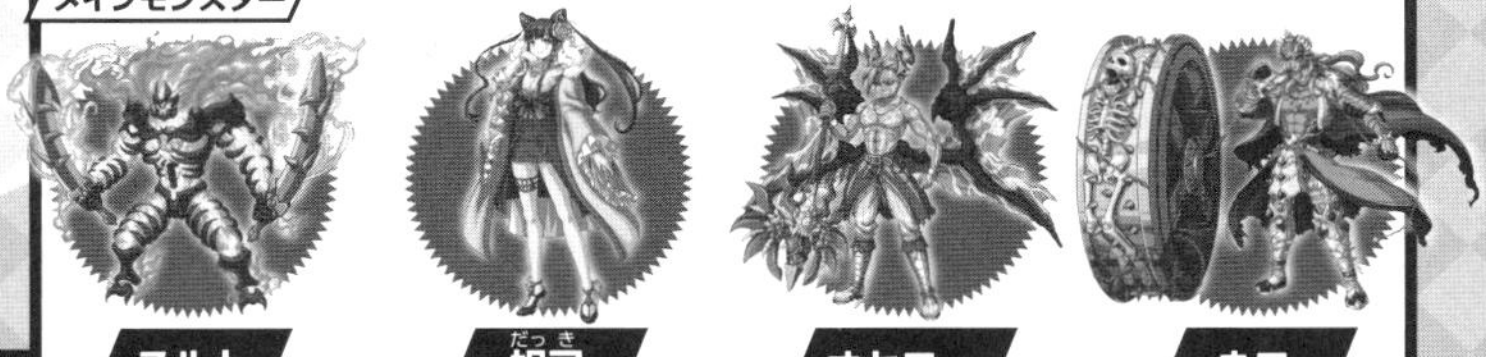

プロローグ

コロシアムから、歓声《かんせい》が聞《き》こえてくる。
「やめろ……やめるんだ」
息《いき》を切《き》らしてつぶやきながら、明《あきら》は走《はし》っていた。
通路《つうろ》のつきあたりにあるとびらを開《あ》けると、目《め》に飛《と》びこむのはまぶしい光《ひかり》。
チカチカと電子《でんし》の光《ひかり》がまたたいている。
そこにあるのは4DAR《フォーディーエーアール》とよばれるバトルフィールド。
街《まち》の誰《だれ》もが気軽《きがる》に……『安全《あんぜん》に』対戦《たいせん》を楽《たの》しめる場所《ばしょ》のはずだ。
しかし、あきらかに様子《ようす》がおかしい。
プレイヤーたちがフィールドの『中《なか》』に、倒《たお》れている。
「あはははは！　ちょっとだけ遊《あそ》んであげる！」
甲高《かんだか》く笑《わら》うモンスターは、妲己《だっき》。

古代中国《こだいちゅうごく》の物語《ものがたり》に登場《とうじょう》する、妖狐《ようこ》の力《ちから》を宿《やど》した悪女《あくじょ》だ。

妖術《ようじゅつ》で操《あやつ》り人形《にんぎょう》をけしかけている。

「やめろぉぉ！」

明《あきら》は声《こえ》をあららげた。

「……あそこにいるのは妹《いもうと》なんだ！　どけ」

人混《ひとご》みをかきわけてコロシアムにちかづく。

「ルリ！」

妹《いもうと》の名前《なまえ》を叫《さけ》んだ。

「っ、はぁっ、はあ……」

明《あきら》の妹《いもうと》、ルリはふらつく足《あし》で立《た》ちあがり、ショットする。

猫《ねこ》の妖精《ようせい》ケット・シーが大砲《たいほう》をはなつが、妲己《だっき》には届《とど》かない。

そればかりか……

ローマの皇帝《こうてい》ネロが、北欧《ほくおう》の巨人《きょじん》スルトが、ヴェニスの将軍《しょうぐん》オセローが。

それぞれの武器《ぶき》でようしゃなく、ケット・シーにおそいかかる。

高《たか》く飛《と》びあがったスルトの剣《けん》に貫《つらぬ》かれ、大爆発《だいばくはつ》を起《お》こした。

「ああっ！」

ルリの体《からだ》も、爆風《ばくふう》で飛《と》んでいく。

「ルリー！」

勝負《しょうぶ》ありだ。

モンスターも4DAR《フォーディーエーアール》も消《き》えていく。

明《あきら》がフィールドに飛《と》びこむ。

抱《だ》きおこしたルリの体《からだ》はぴくりとも動《うご》かない。

チームメイトのふたりも、完全《かんぜん》に気《き》を失《うしな》っている。

対戦相手《たいせんあいて》の制服《せいふく》の男《おとこ》たちは、そんな少女《しょうじょ》らをほうって、ニヤニヤと笑《わら》いながら去《さ》っていく。

通《とお》りすぎた四《よっ》つの背中《せなか》に、ギッと明《あきら》の視線《しせん》がつきささった。

「俺《おれ》は絶対《ぜったい》におまえたちを……許《ゆる》さない！」

くいしばった歯《は》の隙間《すきま》からうめくように言《い》った。

レン・明《あきら》・皆実《みなみ》・葵《あおい》がチームを組《く》むのは、中二《ちゅう》の春《はる》。

これはその少《すこ》し前《まえ》で……。

だけど『すべてのはじまり』よりは、何年《なんねん》も未来《みらい》。

そんな季節《きせつ》の、物語《ものがたり》だ。

1

神《かみ》ノ原中学《はらちゅうがく》一年《ねん》一組《くみ》。朝《あさ》。

「今日《きょう》は転校生《てんこうせい》を紹介《しょうかい》します」

担任《たんにん》の福原先生《ふくはらせんせい》が紹介《しょうかい》するのは、見《み》なれない制服《せいふく》の男子生徒《だんしせいと》だった。

少《すこ》し冷《つめ》たそうにも見《み》える、メガネごしのするどい瞳《ひとみ》。

「影月明《かげつきあきら》」

ぶっきらぼうに名前《なまえ》だけ告《つ》げる。

それきりなにも、言《い》わない。

「え？　それだけ？」

クラスが軽《かる》くざわつく。

「えっと、じゃあ影月《かげつき》くんの席《せき》はあそこのうしろから二番目《ばんめ》ね。みんな仲《なか》よくするように！」

明《あきら》は無表情《むひょうじょう》のままツカツカと自分《じぶん》の席《せき》にむかう。

「季節外《きせつはず》れの転校生《てんこうせい》！　なんだか謎《なぞ》めいてるッ」

「こら、皆実《みなみ》」

皆実《みなみ》と葵《あおい》がこそこそとそんな話《はなし》をしているが、明《あきら》の耳《みみ》には入《はい》らない。

席《せき》に着《つ》くとき、隣《となり》の席《せき》の男子生徒《だんしせいと》と目《め》が合《あ》った。

くっきりと大《おお》きな目《め》を細《ほそ》めて、おだやかにほほ笑《え》んでいる。

その人物《じんぶつ》こそが、春馬《はるま》だった。


放課後《ほうかご》、明《あきら》はぼんやりと屋上《おくじょう》の手《て》すりにもたれていた。

「転校生《てんこうせい》だったんだな」

そんな声《こえ》に振《ふ》りかえると、そこには春馬《はるま》が立《た》っている。

「また会《あ》えるとは思《おも》っていなかった。しかも同《おな》じクラスとはな」

あいかわらずのおだやかな表情《ひょうじょう》で、小《ちい》さく笑《わら》う。

制服《せいふく》を校則通《こうそくどお》りにしっかり着《き》こんで……どうやら春馬《はるま》は生真面目《きまじめ》な性格《せいかく》らしい。

「なんの用《よう》だ」

明《あきら》はそっけない声《こえ》でそれだけ返《かえ》す。

クラスメイトと必要《ひつよう》以上《いじょう》になれあうつもりはなかった。

この街《まち》にきたのは、友《とも》だちを作《つく》るためじゃない。

ケガをした妹《いもうと》、ルリを療養《りょうよう》させるためだ。

「昨日《きのう》の礼《れい》を言《い》いたかった」

「昨日《きのう》……ああ」

明《あきら》は思《おも》い出《だ》す。

そういえば春馬《はるま》とは、昨日《きのう》も偶然《ぐうぜん》会《あ》った。

「なんだ、忘《わす》れてたのか。ひどいな」

春馬《はるま》は困《こま》ったように苦笑《くしょう》し、そこで言葉《ことば》を切《き》った。

昨日《きのう》のことを思《おも》い出《だ》すように、その視線《しせん》がふっと、街《まち》の方《ほう》にむけられる。

【春馬《はるま》の回想《かいそう》】

明《あきら》の転校《てんこう》してくる前日《ぜんじつ》。
春馬《はるま》はゆうぐれの街《まち》を歩《ある》いていた。
学校《がっこう》が終《お》わった後《あと》は、いつも母親《ははおや》である百合《ゆり》の見舞《みま》いに行《い》く。
いつからか、はっきりとは思《おも》い出《だ》せない。
しかし母《はは》はもう長《なが》いこと、体調《たいちょう》をくずして入院《にゅういん》していた。
ほとんど目《め》を覚《さ》ますこともなく、ベッドで眠《ねむ》りつづけている。
「…………」
いつもの道《みち》を歩《ある》いて小《ちい》さな川《かわ》にかかった橋《はし》を渡《わた》る。
そのとき、ふっと、足《あし》が止《と》まった。
早《はや》く歩《ある》きだせばいいのに、つぎの一歩《いっぽ》が出《で》ない。
と、間近《まぢか》でカシャンと音《おと》がした。
同時《どうじ》に誰《だれ》かと軽《かる》く、肩《かた》がぶつかる。
「動《うご》くな」
少《すこ》しあせったような声《こえ》でそう言《い》われた。

自分《じぶん》と似《に》たような年頃《としごろ》の少年《しょうねん》だった。

この辺《あた》りでは見《み》かけない、青《あお》い制服《せいふく》を着《き》ている。

どうやら地面《じめん》になにか落《お》としたようで、手《て》を伸《の》ばして探《さぐ》っていた。

「……これ？」

春馬《はるま》は道路《どうろ》のはしに落《お》ちているメガネを拾《ひろ》って差《さ》しだした。

「あ……」

青《あお》い制服《せいふく》の少年《しょうねん》……明《あきら》は、少《すこ》し気《き》まずそうにそれを受《う》けとる。

その目《め》には、いらだちがにじんでいた。

メガネを落《お》としたばかりが原因《げんいん》でもなさそうだ。

なにか、人《ひと》をよせつけないすさんだ気配《けはい》を感《かん》じる。

誰《だれ》のこともどうでもいい、なににも興味《きょうみ》がない。

そんな表情《ひょうじょう》だった。

なぜ、そんな相手《あいて》に話《はな》しかけたくなったのかはわからない。

「どうしていいか、わからないんだ」

しかし春馬《はるま》はぽつんとつぶやいていた。

「……？」

「近《ちか》くに、花屋《はなや》があるはずなんだが」

そんなことを言《い》われ、明《あきら》はけげんそうに片方《かたほう》の眉《まゆ》をあげた。

「……ありえない。その制服《せいふく》は神《かみ》ノ原中《はらちゅう》だろう。近《ちか》くに住《す》んでるんじゃないのか」

ため息《いき》をつきつつも、スマホを取《と》りだして検索《けんさく》する。

「次《つぎ》の角《かど》を左《ひだり》に曲《ま》がれ」

春馬《はるま》は言《い》われた通《とお》りに歩《ある》きだした……つもりだったのだが。

「おい……そっちは右《みぎ》だ」

背中《せなか》からあきれた声《こえ》がかけられる。

なぜだか春馬《はるま》は、正反対《せいはんたい》の方向《ほうこう》へ曲《ま》がってしまった。

「どうやら……僕《ぼく》は方向音痴《ほうこうおんち》らしい」

これも、いつからなのか、はっきりとはわからない。

だが『ある時《とき》』から、なんとなく進《すす》む道《みち》をまちがえることが増《ふ》えた。

まるで案内《あんない》してくれた誰《だれ》かの手《て》をはなしてしまったように、ふっと知《し》らない道《みち》に迷《まよ》いこむことが。


「男《おとこ》ふたりで花屋《はなや》なんてサイテーだ」

ため息《いき》をつきつつ、明《あきら》が先《さき》に立《た》って歩《ある》く。

どうやら案内《あんない》をしてくれるようだ。

すさんだ顔《かお》をしているが、もしかすると彼《かれ》は、見《み》た目《め》よりやさしい人間《にんげん》なのかもしれない。

春馬《はるま》はそんな風《ふう》に思《おも》った。


「おい？」

突然《とつぜん》ぼんやりしはじめた春馬《はるま》の顔《かお》を、明《あきら》は軽《かる》くのぞきこんだ。

昨日《きのう》の件《けん》と言《い》い、春馬《はるま》には少《すこ》し変《か》わったところがあるようだ。

妙《みょう》なやつだ、と思《おも》いつつ、明《あきら》はあきれて肩《かた》をすくめる。

この街《まち》で他人《たにん》と関《かか》わるつもりなんてなかったのに。

結局《けっきょく》あの後《あと》は、ふたりで花屋《はなや》に行《い》って見舞《みま》いの花《はな》を買《か》ったのだ。

「……ああ、ごめん。昨日《きのう》のことを思《おも》い出《だ》してたんだ。助《たす》かったよ。あの花《はな》、母《かあ》さんの好《す》きな花《はな》なんだ。少《すこ》しはよろこんでくれると思《おも》う」

明《あきら》の隣《となり》で屋上《おくじょう》の手《て》すりにもたれて、春馬《はるま》は笑《わら》う。

「次《つぎ》はひとりで行《い》けよ」

「ああ。左《ひだり》に曲《ま》がるって、ちゃんと覚《おぼ》えた」

「……おい。大丈夫《だいじょうぶ》なのか？　どこから左《ひだり》だかわからないと意味《いみ》がないだろう」

明《あきら》は深《ふか》い深《ふか》いため息《いき》をついた。

「俺《おれ》の使《つか》ってる地図《ちず》アプリ、教《おし》えておく。自分《じぶん》の行《い》きそうなところを登録《とうろく》しておけ」

「それならモンストコロシアムだな」

「おまえもモンストをやるのか」

「ああ。……ん？　インストールできないな」

春馬《はるま》は自分《じぶん》のスマホを手《て》に、首《くび》をかしげている。

「こういうの苦手《にがて》なんだ。君《きみ》に任《まか》せる」

かと思《おも》えば困《こま》ったような顔《かお》で、ぽんとスマホを手渡《てわた》してきた。

「……どこまで世話《せわ》がやけるんだ？」

明《あきら》はふたたび、大《おお》きなため息《いき》をつく羽目《はめ》になった。


放課後《ほうかご》のモンストコロシアムは、客《きゃく》も大入《おおい》りで盛《も》りあがっていた。

「で、結局《けっきょく》連《つ》れてきてくれたんだ。例《れい》の転校生《てんこうせい》」

「春馬《はるま》が時間《じかん》通《どお》りにくるなんて、恐怖《きょうふ》の大王《だいおう》とかいろいろ降《ふ》ってきちゃうねっ」

観戦《かんせん》をしながら、葵《あおい》と皆実《みなみ》が口々《くちぐち》に言《い》う。

葵《あおい》・皆実《みなみ》・春馬《はるま》の三人《にん》は、すでにこの街《まち》では古参《こさん》とも言《い》えるモンスト・プレイヤーだ。

少《すこ》しは……いや、かなり名前《なまえ》の知《し》られた存在《そんざい》になっている。

「ひどいな。まあ、僕《ぼく》が勝手《かって》についてきただけとも言《い》えるけどね」

「んー、春馬《はるま》、すぐ変《へん》な方向《ほうこう》に行《い》くし、ついてこれる程度《ていど》には気《き》を使《つか》ってくれたんじゃないかと思《おも》うけど……でも、どうしちゃったの？　あれ」

葵《あおい》が指《ゆび》さす先《さき》にいるのは、まさにモンストをプレイしている明《あきら》だった。

チームメイトはいない。ソロプレイだ。

「なんか、こわいんだけど……」

皆実《みなみ》が顔《かお》をしかめるのも無理《むり》はない。

コロシアムに立《た》つ明《あきら》からは、ほとんど殺気《さっき》のようなものがはなたれていた。

「スマホ操作《そうさ》してるだけなのに、なぐりかかってくように見《み》えるんだよね……」

明《あきら》のひとつひとつの動《うご》きは、乱暴《らんぼう》で力任《ちからまか》せだった。

爆炎《ばくえん》の中《なか》で、明《あきら》のモンスターである神威《かむい》が荒々《あらあら》しく剣《けん》を振《ふ》っている。

ひそひそと遠巻《とおま》きに、噂話《うわさばなし》をしている者《もの》がいた。

「あいつの青《あお》い制服《せいふく》……あれ仙台《せんだい》コロシアムの奴《やつ》だよな」

「ああ。仙台《せんだい》で、対戦相手《たいせんあいて》の女《おんな》の子《こ》を病院送《びょういんおく》りにしたチームがいるって本当《ほんとう》か？」

「ホントホント。妙《みょう》な技《わざ》でやりたい放題《ほうだい》やってるらしいけど、親《おや》が地元《じもと》の権力者《けんりょくしゃ》とかで、みんな泣《な》き寝《ね》いりなんだって」

そんな会話《かいわ》を耳《みみ》にしながら、春馬《はるま》はじっと、コロシアムに視線《しせん》を落《お》とす。

四対《たい》一の不利《ふり》なバトル。

神威《かむい》は一見《いっけん》追《お》いつめられているように見《み》えた。

対戦相手《たいせんあいて》の忍者《にんじゃ》ジライヤがクナイをまき、地雷《じらい》を仕《し》こむ。

神威《かむい》は地雷原《じらいげん》のようなフィールドを一直線《いっちょくせん》に駆《か》けていく。

「地雷《じらい》に突《つ》っこんでいった？　まわりが見《み》えてなくない？」

無謀《むぼう》な戦《たたか》い方《かた》に、葵《あおい》が眉《まゆ》をひそめた。

「いや、先《さき》を読《よ》んだ上《うえ》での計算《けいさん》のモンストだ。勝負《しょうぶ》をかけるのは、おそらく二ターン後《ご》」

春馬《はるま》が冷静《れいせい》な口調《くちょう》で言《い》った。

「なんでわかるの？」

「攻撃後《こうげきご》の、敵《てき》と影月《かげつき》のモンスターの位置《いち》だ。今《いま》の攻撃《こうげき》では大《たい》したダメージは与《あた》えられない。だが相手《あいて》からの攻撃《こうげき》の威力《いりょく》は弱《よわ》くなる配置《はいち》になる……そして次《つぎ》の一手《いって》が勝負《しょうぶ》だ」

モンスターたちの動《うご》きを目《め》で追《お》い、春馬《はるま》は筋《すじ》を読《よ》む。

「おそらく……いちばんいい軌道《きどう》を狙《ねら》ってくる」

消《き》えたり出《で》たりを繰《く》りかえすジライヤ。

ヤリを振《ふ》りまわすイヌガミ。

電撃《でんげき》をはなつオロチマル。

宙《ちゅう》を自在《じざい》に飛《と》ぶ、イズナ。

相手《あいて》チームは立《た》てつづけに攻撃《こうげき》してくる。

神威《かむい》を翻弄《ほんろう》するように動《うご》きまわっている四体《たい》……

しかしその間《あいだ》に、一筋《ひとすじ》の「道《みち》」ができていた。

「最後《さいご》のモンスターを神威《かむい》の正面《しょうめん》に配置《はいち》できれば、影月《かげつき》の勝《か》ちだ」

春馬《はるま》の言葉《ことば》通《どお》り、明《あきら》が狙《ねら》うのはその『道《みち》』だった。

「よろこんでいられるのも今《いま》のうちだ！」

正面《しょうめん》から一気《いっき》に、神威《かむい》が切《き》りかかる。

無防備《むぼうび》になった敵《てき》の正面《しょうめん》に、情《なさ》けようしゃのない一撃《いちげき》を入《い》れた。

「俺《おれ》は絶対《ぜったい》！　許《ゆる》さない！」

明《あきら》が叫《さけ》ぶと同時《どうじ》に神威《かむい》の目《め》が光《ひか》った。

返《かえ》す刀《かたな》でもう一撃《いちげき》。それできまりだった。

はげしい戦《たたか》いぶりに、観客席《かんきゃくせき》が一瞬《いっしゅん》しずまる。

それから大歓声《だいかんせい》が巻《ま》きおこった。

「しょせんこの世《よ》は、弱肉強食《じゃくにくきょうしょく》……」

皆実《みなみ》が妙《みょう》なポーズをつけて言《い》った。

最近《さいきん》の皆実《みなみ》は、かっこいい勝《か》ちゼリフや勝《か》ちポーズを絶賛考案中《ぜっさんこうあんちゅう》なのだ。

「なにをそんなに、怒《おこ》っている……？」

春馬《はるま》はコロシアムの中《なか》の明《あきら》から目《め》をはなせずにいた。

とっくに決着《けっちゃく》がついたのにまだ、スマホから手《て》をはなさない。

それどころか、怒《いか》りに満《み》ちた目《め》で神威《かむい》を操《あやつ》りつづけている。

「まだ……まだ、足《た》りない」

「なんだよ、もう勝負《しょうぶ》は終《お》わってるだろ……やめろよっ」

おびえる対戦相手《たいせんあいて》も、明《あきら》の目《め》には入《はい》っていないようだ。

その瞳《ひとみ》がカッと見開《みひら》かれた。

まるで『外《そと》』のプレイヤーまでも叩《たた》き斬《き》るように、神威《かむい》がフィールドと観客席《かんきゃくせき》をへだてるバリアに刀《かたな》をふりおろす。

「ひっ！」

「どうすれば、もっと痛《いた》みをわからせられる、どうすれば、もっと恐怖《きょうふ》を与《あた》えられる？」

その言葉《ことば》はひとり言《ごと》のようでもあり、誰《だれ》かにむかって憎《にく》しみをぶつけているようでもある。

ビー！

緊急《きんきゅう》アラートが鳴《な》りひびき、強制終了《きょうせいしゅうりょう》がかかった。

舌《した》うちをひとつ残《のこ》して、明《あきら》がフィールドを去《さ》る。

その様子《ようす》をじっと見《み》ていた春馬《はるま》が、少《すこ》し考《かんが》えた末《すえ》に切《き》りだした。

「葵《あおい》、皆実《みなみ》」

「ん？」

「なに〜？」

「影月《かげつき》を仲間《なかま》にさそおうと思《おも》う」

その一言《ひとこと》に、ふたりはおどろく。

「ええっ」

「ヤダ！　こわいもん」

しかし春馬《はるま》の表情《ひょうじょう》は真剣《しんけん》だ。

少《すこ》し考《かんが》えてから、葵《あおい》がたずねる。

「今《いま》まで何人《なんにん》も、入《はい》りたいって人《ひと》をことわってきたのに。春馬《はるま》はあの転校生《てんこうせい》が私《わたし》たちの四《よ》人目《にんめ》だと思《おも》うの？」

「それは……わからない」

春馬《はるま》たちは中学《ちゅうがく》に入《はい》ってからずっと、三人《にん》でモンストをプレイしていた。

もうひとり、きっと仲間《なかま》がいるはず。

心《こころ》のどこかでそう思《おも》いながら、なんとなく今《いま》まで新《しん》メンバーは加《くわ》えずにいた。

「ただ、あれは影月《かげつき》の本質《ほんしつ》ではないと思《おも》う」

昨日《きのう》の明《あきら》は、なにかにいらだった様子《ようす》を見《み》せつつも、春馬《はるま》の道案内《みちあんない》をしてくれた。

おそらく、彼《かれ》のおかしな戦《たたか》いぶりには、理由《りゆう》があるはずだ。

「それにモンストは仲間《なかま》が四人《よにん》そろってはじめて、その力《ちから》を発揮《はっき》できる。そうだろ」

「仲間《なかま》、か……」

「こんな理由《りゆう》では、ダメか？　ふたりの意見《いけん》が聞《き》きたい」

葵《あおい》と皆実《みなみ》はうーん、と考《かんが》えこんだ。

確《たし》かにモンストは本来《ほんらい》、四人一組《よにんひとくみ》でやるものだ。

それに……昔《むかし》、『誰《だれ》か』と四人《よにん》で、なにかすごいことをなしとげたような、そんなうっすらとした記憶《きおく》がある。

「私《わたし》、四人目《よにんめ》は『今《いま》は』いないだけだってなぜかずっと思《おも》ってた。春馬《はるま》がこんなこと言《い》うのはじめてだし……信《しん》じてみる」

「私《わたし》も！　モンストやるならいつまでも三人《にん》チームってわけにもいかないしね！」

葵《あおい》がうなずき、皆実《みなみ》がぴょんと跳《は》ねる。

三人《にん》はがっぷりと肩《かた》を組《く》んだ。

「あの転校生《てんこうせい》を、私《わたし》たちのチームに勧誘《かんゆう》する。とりあえず今日《きょう》は……私《わたし》たちの戦《たたか》いぶりを、見《み》せてやろうよ！」

「ああ！」

「おっけ〜！」

ひびき渡《わた》る歓声《かんせい》のなか、明《あきら》は廊下《ろうか》でひとり、たたずんでいた。

手《て》の中《なか》でスマホの画面《がめん》が光《ひか》っている。

「…………」

春馬《はるま》たちの戦《たたか》いを、中継《ちゅうけい》で見《み》ていた。

確《たし》かに彼《かれ》らは、チームワークもよく、強《つよ》い。

だが、それだけだ。興味《きょうみ》はない。

「俺《おれ》は……この街《まち》にきた目的《もくてき》を果《は》たす」

一戦《いっせん》見終《みお》えたところでくるりと背《せ》をむけ、外《そと》にむかってひとりで歩《ある》きだした。

2

「おっぱりお～」

翌日《よくじつ》、皆実《みなみ》と葵《あおい》はやる気満々《きまんまん》で登校《とうこう》した。

「今日《きょう》は影月明《かげつきあきら》・勧誘大作戦《かんゆうだいさくせん》！　いろいろ準備《じゅんび》してきたんだよ」

なにを持《も》ってきたのか、皆実《みなみ》がカバンをポンポンと叩《たた》く。

「言葉《ことば》以外《いがい》に、なにか必要《ひつよう》なのか？」

春馬《はるま》が苦笑《くしょう》していると、ガラリと扉《とびら》が開《あ》いた。

つかつかと明《あきら》が教室《きょうしつ》に入《はい》ってくる。

「あっ。きた。がんばってみなよ春馬《はるま》。私《わたし》たちも手伝《てつだ》うから」

葵《あおい》にそう耳打《みみう》ちされ、春馬《はるま》はうなずいた。

自分《じぶん》の方《ほう》を見《み》ようともしない明《あきら》に、隣《となり》から話《はな》しかける。

「おはよう。昨日《きのう》、影月《かげつき》のあと、僕《ぼく》らのバトルだったんだが……」

「みたいだな」

「見《み》てくれたのか？」

春馬《はるま》の表情《ひょうじょう》がぱっと明《あか》るくなる。

「敵《てき》は知《し》っておく必要《ひつよう》がある」

「影月《かげつき》。僕《ぼく》らは敵《てき》じゃない。仲間《なかま》になって欲《ほ》しいんだ」

「興味《きょうみ》ない」

言《い》い終《お》わる前《まえ》に、明《あきら》は一言《ひとこと》で切《き》って捨《す》てた。

さっさと耳《みみ》にイヤホンをはめ、もう話《はなし》を聞《き》く気《き》もなさそうだ。

やはり誰《だれ》とも、つるむつもりはないらしい。

「むっむぅ」

明《あきら》のあまりな態度《たいど》に、見《み》ていた皆実《みなみ》がぶすっとふくれた。

体育《たいいく》の準備運動《じゅんびうんどう》、化学《かがく》の実験中《じっけんちゅう》、それに昼休《ひるやす》み。

三人《にん》はスキあらばという感《かん》じで明《あきら》にアタックしてみたが、結果《けっか》は

すべて空振《からぶ》りだった。

ペアで体操《たいそう》をしようが実験《じっけん》をしようが、明《あきら》のガードはくずれない。

「春馬《はるま》、すっごいがんばってるよねぇ〜」

「うん。春馬《はるま》がここまで粘《ねば》るなんてめずらしいけど……でもぜんぜん、なびかないなあ」

夕方《ゆうがた》の中庭《なかにわ》で、三人《にん》は作戦会議《さくせんかいぎ》をしていた。

「どうするの？　仲間《なかま》になってくれなそうだったけど。ロッカーに勧誘《かんゆう》の手紙《てがみ》入《い》れてもダメだったし」

「ラブレター作戦《さくせん》、うまくいくと思《おも》ったのに〜。勝利《しょうり》のポーズがかっこよかったら入《はい》ってくれるかな？」

なにをしても、明《あきら》は完全《かんぜん》なる無表情《むひょうじょう》だった。

「いや、そうじゃない。おそらくは……仙台《せんだい》だ」

春馬《はるま》が思《おも》い出《だ》すのは、昨日《きのう》のコロシアムで聞《き》いた噂話《うわさばなし》だった。

仙台《せんだい》のコロシアムで起《お》こった事件《じけん》。

明《あきら》の憎《にく》しみにみちたモンストと、きっとなにか関係《かんけい》がある。

少《すこ》し調《しら》べてみたほうがいいかもしれない。

考《かんが》えているといきなり、ぐきっと腕《うで》をひねられた。

「よーし、思《おも》いついた！　これでこうして、こう！　かっこいいでしょ！」

皆実《みなみ》はあいかわらず、勝利《しょうり》のポーズ考案《こうあん》に余念《よねん》がない。


まだ日《ひ》の暮《く》れない街《まち》を、春馬《はるま》は歩《ある》いていた。

花屋《はなや》につづくいつもの道《みち》。

どうしてかここを通《とお》ると、ふわふわと迷《まよ》うような感覚《かんかく》になる。

「おい」

突然《とつぜん》、ガッと肩《かた》をつかまれた。

ゆるりと振《ふ》りむけば、明《あきら》のしかめ面《つら》がある。

「影月《かげつき》……」

「おまえ、ここを右《みぎ》に曲《ま》がるくせがあるだろう」

「みぎ……」

「ああ、最初《さいしょ》に会《あ》ったときにもこの道《みち》をフラフラと入《はい》っていった」

明《あきら》がクイとあごでしめす坂道《さかみち》。

街路樹《がいろじゅ》がゆれ、バスが通《とお》りすぎる、いつもの街並《まちな》み。

いったいなぜ、ここにくると右《みぎ》に曲《ま》がりたくなるのだろう。

「……駄菓子屋《だがしや》」

春馬《はるま》はなぜかふっと、その先《さき》にある店《みせ》のことを思《おも》い出《だ》した。

明《あきら》はいぶかしげな顔《かお》になる。

「……？　おまえが行《い》きたいのは花屋《はなや》じゃないのか」

「そのはずなんだ。でも。いつも……あいつが」

「あいつ？」

春馬《はるま》の頭《あたま》の片《かた》すみを一瞬《いっしゅん》だけ『誰《だれ》か』の背中《せなか》の映像《えいぞう》がよぎった。

誰《だれ》だろう。小《ちい》さな背中《せなか》で元気《げんき》よく走《はし》っている。

春馬《はるま》を引《ひ》きはなして駆《か》けても、決《き》まって必《かなら》ず、この先《さき》の角《かど》で待《ま》っていてくれた。

明《あきら》はけげんそうに肩《かた》をすくめる。

「『あいつ』が誰《だれ》だか知《し》らないが、そいつのことより、道《みち》を覚《おぼ》えておくんだったな……

おい、駄菓子屋《だがしや》に案内《あんない》しろ」

急《きゅう》にそんなことを言《い》われて春馬《はるま》はキョトンとする。

明《あきら》のキャラと駄菓子《だがし》は、あまりに不似合《ふにあ》いだ。

「言《い》っておくが、俺《おれ》じゃない。……あいつが好《す》きなんだよ」

「あいつ？　それって絶対彼女《ぜったいかのじょ》でしょ！」

街路樹《がいろじゅ》の陰《かげ》からひょこっと顔《かお》を出《だ》したのは皆実《みなみ》だった。

瞳《ひとみ》が好奇心《こうきしん》でキラキラしている。

うしろには、葵《あおい》の姿《すがた》もあった。

「隠《かく》さないで？　だれだれ？　どんな子《こ》？　仙台《せんだい》の子《こ》？　いつからつきあってるの？　教《おし》えてよ！」

怒濤《どとう》の勢《いきお》いでたずねまくる皆実《みなみ》の質問《しつもん》はほとんど無視《むし》して、明《あきら》は一言《ひとこと》だけ答《こた》える。

「妹《いもうと》だ」

糸《いと》ひき飴《あめ》、フルーツゼリー、ボールガム。

ベンチの上《うえ》にならぶのは、色《いろ》とりどりのお菓子《かし》だった。

「妹《いもうと》さん、よろこぶといいな」

「……ああ。リハビリのいい気分転換《きぶんてんかん》になるだろう」

菓子《かし》の袋《ふくろ》を持《も》ちあげて、明《あきら》は小《ちい》さくうなずく。

「え？　妹《いもうと》さんって病気《びょうき》かケガでもしてるの？」

葵《あおい》の問《と》いに、一瞬《いっしゅん》ほころびかけた明《あきら》の顔《かお》がぐっとこわばる。

昼間《ひるま》と同《おな》じかたい表情《ひょうじょう》にもどってしまった。

「…………さあな」

そのままそっぽをむく明《あきら》に、春馬《はるま》は背中《せなか》からたずねる。

「仙台《せんだい》でなにがあった。病院送《びょういんおく》りになったチームがあると聞《き》いたが」

「それが、俺《おれ》と妹《いもうと》のいたチームだ」

明《あきら》の目《め》に、また怒《いか》りが燃《も》えあがった。

「勝《か》てば仙台《せんだい》でトップ3になるって日《ひ》に……俺《おれ》はテストで参加《さんか》できなかった。普通《ふつう》だったら三人《にん》でも勝《か》てるレベルの相手《あいて》だった。なのに奴《やつ》ら」

その日《ひ》のことを思《おも》い出《だ》しているのだろう。

相手《あいて》への憎《にく》しみと、妹《いもうと》を守《まも》り切《き》れなかった自分《じぶん》への後悔《こうかい》が声《こえ》ににじむ。

「妹《いもうと》たちをわざとフィールド内《ない》に入《い》れてモンストをした……ありえない！」

「なにそれ！　どうして警察《けいさつ》ざたにならないの？」

正義感《せいぎかん》の強《つよ》い葵《あおい》がくってかかるように声《こえ》をあららげる。

その怒《いか》りはとうぜんだ。

プレイヤー自身《じしん》に危害《きがい》を加《くわ》える行為《こうい》はあきらかな規定《レギュレーション》違反《いはん》。

……それ以前《いぜん》にただの暴力事件《ぼうりょくじけん》でしかない。

妹《いもうと》たちが体《からだ》にも心《こころ》にも深《ふか》い傷《きず》をおったことは、かんたんに想像《そうぞう》できる。

「警察《けいさつ》にも学校《がっこう》にも話《はな》したが、誰《だれ》も聞《き》きいれてくれなかった。それも奴《やつ》らの親《おや》が金《かね》にものいわせてにぎりつぶしたせいだ」

「ひどい……そんなの」

皆実《みなみ》が声《こえ》をしずませた。

「それであの怒《いか》りか。影月《かげつき》、モンストを復讐《ふくしゅう》に使《つか》うつもりじゃないだろうな」

「おまえには関係《かんけい》ない」

春馬《はるま》の言葉《ことば》を切《き》って捨《す》てるように明《あきら》が言《い》う。

「待《ま》ってよ、敵《てき》はフィールドを勝手《かって》に拡張《かくちょう》したってことだよね。そんなことってできるの？」

「私《わたし》、なんとなく覚《おぼ》えてる。前《まえ》に一瞬《いっしゅん》だけ、そんな不正《ふせい》プログラムが出《で》まわって回収騒《かいしゅうさわ》ぎになったよね」

糸《いと》ひき飴《あめ》をなめつつ、皆実《みなみ》が言《い》った。

「許《ゆる》せない。私《わたし》、そのへんくわしい子《こ》に聞《き》いてみる！」

「その必要《ひつよう》なら、ない」

「でも……こんなの絶対《ぜったい》おかしいよ」

怒《いか》りのおさまらない葵《あおい》は、スマホを手《て》に取《と》って友《とも》だちに連絡《れんらく》を取《と》ろうとした。

「もしもし、葵《あおい》だけど……えっ？　それ、本当《ほんとう》？」

誰《だれ》かと通話《つうわ》をはじめるなり、さっと顔色《かおいろ》が変《か》わる。

話《はな》し終《お》えると春馬《はるま》たちのほうにむきなおり、聞《き》いた内容《ないよう》を伝《つた》えた。

「……モンストコロシアムでケガ人《にん》が出《で》たみたい。見《み》たことのない顔《かお》ぶれ、たぶん遠征組《えんせいぐみ》だ、おかしなプログラムを使《つか》ってる、って」

「！」

グシャッと音《おと》がした。

音《おと》のしたほうを見《み》てみると、明《あきら》が手《て》にしていたお菓子《かし》の包《つつ》みをにぎりつぶしている。

「影月《かげつき》！」

春馬《はるま》がよぶ声《こえ》にもかまわず、一直線《いっちょくせん》に走《はし》りさっていく。

神《かみ》ノ原《はら》は、モンスト発祥《はっしょう》の地《ち》でもある。

だからなのか、グレイスモールの地下《ちか》コロシアムには、力試《ちからだめ》しに遠《とお》くからやってくるプレイヤーも多《おお》い。

「きぐうですね、また会《あ》えるなんて」

ニヤニヤと笑《わら》いながら明《あきら》をむかえたのは、青《あお》い制服《せいふく》を着《き》た四人組《よにんぐみ》。

どいつもこいつも、妹《いもうと》ルリをいたぶったときと同《おな》じ底意地《そこいじ》の悪《わる》い顔《かお》をしている。

「先輩《せんぱい》に対《たい》する態度《たいど》じゃありませんよ、影月《かげつき》くん」

仙台《せんだい》の中学《ちゅうがく》では明《あきら》の先輩《せんぱい》でもあった、リーダーの芦木徹《あしきとおる》が、ねっとりと言《い》う。

「おまえの相手《あいて》は俺《おれ》だ……！」

「そんなに怒《おこ》らなくても、ちゃんとモンストしてあげますよ。ちゃんとね」

明《あきら》と芦木《あしき》は、同時《どうじ》にくるりと背《せ》をむけた。

それぞれが、配置《はいち》につきながら、小《ちい》さくつぶやく。

「『妹《いもうと》と同《おな》じ目《め》にあわせてやる……』」

くしくも、ふたりのつぶやいた内容《ないよう》は、ぴったりと重《かさ》なっていた。

神威《かむい》がタッとフィールドに立《た》つのと『それ』が起《お》こるのは同時《どうじ》だった。

「おい、やれ」

芦木《あしき》の命令《めいれい》にこたえるように、フィールドがぐんと歪《ゆが》む。

ゴウン……と不吉《ふきつ》な音《おと》とともに、明《あきら》を中《なか》に取《と》りこむ形《かたち》で拡張《かくちょう》された。

「え、なにあれ、あぶなくない？　フィールドの中《なか》に人《ひと》が……」

「なんでアラートが出《で》ないいんだ？」

観客《かんきゃく》たちがにわかに混乱《こんらん》している。

明《あきら》はひるまなかった。

自分《じぶん》からぐっと一歩《いっぽ》、違法《いほう》フィールドの中央部分《ちゅうおうぶぶん》に足《あし》を踏《ふ》みいれる。

「だめじゃねぇかあ、中《なか》にはいっちゃ」

「ケガするかもよ？　くくく」

とりまきのふたりが、しらじらしく薄笑《うすわら》いを浮《う》かべる。

楽《たの》しくて楽《たの》しくて仕方《しかた》がない、というようすだ。

しかし明《あきら》は表情《ひょうじょう》を動《うご》かさない。

ただ神威《かむい》とともに、相手《あいて》をにらみつけているだけだ。

「なんだ、ぜんぜんビビらねえな」

「なーに。すぐに泣《な》いて助《たす》けてくれと叫《さけ》びだします、今《いま》までの人《ひと》たちだって、みんなそうだったじゃないですか」

芦木《あしき》のチームもつぎつぎとモンスターをよびだした。

明《あきら》はすっとスマホをかまえる。

連動《れんどう》するように神威《かむい》が刀《かたな》をぬいた。

「俺《おれ》はずっと考《かんが》えつづけてきた」

まず襲《おそ》ってきたのは、灼熱《しゃくねつ》の巨人《きょじん》スルト。

振《ふ》りまわされる巨大《きょだい》な剣《けん》を、神威《かむい》はながれるようにあっさりとかわす。

「おまえたちへの復讐《ふくしゅう》に必要《ひつよう》なものはなにか……ルリが大《おお》ケガをした『あの日《ひ》』の映像《えいぞう》を何度《なんど》も見《み》て、そして気《き》づいた」

ネロや妲己《だっき》の攻撃《こうげき》も同《おな》じように、はじき返《かえ》していく。

「いちばん早《はや》いのは、おまえたちの真似《まね》をすることだ。そうすれば、おまえたちがルリにしたのと同《おな》じことを、そっくりそのまま返《かえ》してやれる」

明《あきら》の指《ゆび》がスマホに触《ふ》れる。

「最初《さいしょ》に真似《まね》るのは、これだ！」

ゴウン……！　と、その場《ば》の誰《だれ》もが聞《き》きおぼえのある、音《おと》がした。

たった今《いま》、違法《いほう》なフィールド拡張《かくちょう》がおこなわれたときと、まったく同《おな》じ音《おと》。

「！」

フィールド外《がい》にいた四人《よにん》が、重力《じゅうりょく》に引《ひ》きずられるように『中《なか》』にさそいこまれていた。

「っ！　のみこまれた？」

「なんで俺《おれ》たちまでフィールドに入《はい》んだよ、これやばくね？」

明《あきら》がしたのは、芦木《あしき》たちとそっくりそのまま、同《おな》じことだ。

フィールド拡張《かくちょう》プログラムについて調《しら》べようとした葵《あおい》に『必要《ひつよう》ない』と言《い》ったのは、こういうことだった。

明《あきら》はすでに準備《じゅんび》をして、ずっと待《ま》っていた。

彼《かれ》らにこうして復讐《ふくしゅう》ができる日《ひ》を。

「攻撃《こうげき》は僕《ぼく》が防《ふせ》ぎます……はやくフィールドをもとにもどせ！」

芦木《あしき》があせった声《こえ》で指示《しじ》を出《だ》す。

「おまえたちはおびえる人間《にんげん》にむかって、笑《わら》いながら攻撃《こうげき》をしかけつづけた」

冷静《れいせい》な口調《くちょう》で言《い》いながら、明《あきら》が腕《うで》を引《ひ》く。

闘気《とうき》をまとった神威《かむい》が、一歩《いっぽ》また一歩《いっぽ》と近《ちか》づく。

「あいつ本気《ほんき》でやばいぞ！　俺《おれ》たちにむかって撃《う》つ気《き》だ……」

「逃《に》げろ！」

ダッと逃《に》げだす三人《にん》と入《い》れかわるように、四体《たい》のモンスターがフィールドの中央《ちゅうおう》に立《た》つ。

「く、くそ……」

どうにか外《そと》に逃《に》げようと、芦木《あしき》のとりまきがスマホをいじる。

しかし、もとにもどらない。

「つははは」

明《あきら》の表情《ひょうじょう》は……笑《わら》っていた。

鬼気《きき》せまるような勢《いきお》いで、神威《かむい》が何撃《なんげき》も、繰《く》りかえし斬《き》りつける。

目《め》にもとまらぬ速《はや》さで刀《かたな》を振《ふ》るい、相手《あいて》の攻撃《こうげき》はなんなく避《さ》ける。

敵《てき》すべての動《うご》きを完全《かんぜん》に見切《みき》っている。

「調子《ちょうし》にのりやがって……！」

「ぶっ潰《つぶ》してやる！」

いまいましげにけしかけられる妲己《だっき》も、オセローも、神威《かむい》の速《はや》さの前《まえ》にはかなわない。

天井《てんじょう》を足場《あしば》がわりに一気《いっき》に降下《こうか》して、空中《くうちゅう》から連撃《れんげき》。

まさに雷光《らいこう》のような速《はや》さで攻撃《こうげき》をくりだす神威《かむい》に、手《て》も足《あし》も出《で》なかった。

「なにもできないまま、やられていく気分《きぶん》はどうだ？」

明《あきら》の瞳《ひとみ》が、凄《すご》みをおびる。

「思《おも》いしれ。それが恐怖《きょうふ》だ。それが、痛《いた》みだ！」

神威《かむい》のまとうギラギラとした光《ひかり》が一段《いちだん》と強《つよ》くなり、はじけた。

「おまえらは、卑怯《ひきょう》だ」

「……ひっ！」

逃《に》げ遅《おく》れたとりまきのひとりに、ゆっくりと明《あきら》が近《ちか》づく。

なにかに取《と》りつかれたような表情《ひょうじょう》だった。

相手《あいて》の顔面《がんめん》が蒼白《そうはく》になる。

「お、俺《おれ》は……逆《さか》らえない。逆《さか》らったら母《かあ》さんの仕事《しごと》がなくなる……！」

「だからといって、おまえのしたことが許《ゆる》されるとでも思《おも》っているのか」

明《あきら》はすっとスマホを持《も》ちあげた。

冷《ひ》えた目《め》で、腕《うで》を引《ひ》く。

一瞬《いっしゅん》ためらいを見《み》せたが、すぐにふりはらった。

まるで殴《なぐ》りかかるようにその拳《こぶし》が突《つ》きだされようとしたとき。

ぱしっと誰《だれ》かが、その手首《てくび》を取《と》る。

「……なにを、している」

明《あきら》は黒目《くろめ》だけ動《うご》かして、その相手《あいて》をにらみつけた。

止《と》めに入《はい》ったのは……春馬《はるま》だった。

「心配《しんぱい》になって後《あと》を追《お》ってきた。影月《かげつき》、奴《やつ》らと同《おな》じところに堕《お》ちるな」

春馬《はるま》の口調《くちょう》は冷静《れいせい》だった。

とても、危険《きけん》なフィールド内《ない》にいるとは思《おも》えない。

大《おお》ケガをする可能性《かのうせい》も高《たか》いのに、それでもなお明《あきら》を止《と》めにきたのだ。

「…………」

明《あきら》はその手《て》をはらおうとする。

しかし春馬《はるま》の力《ちから》は強《つよ》い。

あらがおうとする明《あきら》の腕《うで》が、ぶるぶると小刻《こきざ》みにふるえる。

「人《ひと》を攻撃《こうげき》したら、それはもうモンストじゃない。ただの暴力《ぼうりょく》だ」

「……去《さ》れ。ケガするぞ」

「それだ。妹《いもうと》さんに大《おお》ケガを負《お》わせたのと同《おな》じ暴力《ぼうりょく》を、君《きみ》も振《ふ》るうのか？」

春馬《はるま》の視線《しせん》がじっと、明《あきら》にそそがれる。

静《しず》かだが、ずしりと重《おも》たい声《こえ》だった。

明《あきら》がかすかにハッとしたような顔《かお》になる。

「今《いま》だ、やれ！」

這《は》うように逃《に》げだした芦木《あしき》のとりまきが、天井《てんじょう》にスマホをかかげた。

ヴンと音《おと》がして、フィールドが色《いろ》と形《かたち》を変《か》える。

相手《あいて》の四人《よにん》は転《ころ》がるように、『外《そと》』にのがれた。

「ふふふ。形勢逆転《けいせいぎゃくてん》、ですね」

芦木《あしき》がくちびるの両端《りょうはし》をにぃっ、とつりあげた。

どうやらまた、違法《いほう》なプログラムを走《はし》らせたらしい。

明《あきら》、そして春馬《はるま》のふたりだけが、フィールド内《ない》に取《と》り残《のこ》された。

「最初《さいしょ》の状態《じょうたい》にもどったか……神威《かむい》」

よばれた神威《かむい》が、低《ひく》い姿勢《しせい》から斬《き》りかかろうとした。

が、その動《うご》きがなにかに捕《と》らわれたようにガチリと固《かた》まる。

「！　神威《かむい》」

フィールドから発《はっ》する粒子《りゅうし》が神威《かむい》の体《からだ》にまとわりつき、がっしりと縛《しば》りつけている。

あきらかになにかの細工《さいく》をされていた。

「僕《ぼく》たちがフィールド操作《そうさ》しかできないとでも思《おも》ってましたか？」

安全圏《あんぜんけん》にのがれた芦木《あしき》が、心底楽《しんそこたの》しそうににやにやと笑《わら》う。

「敵《てき》を倒《たお》す手段《しゅだん》は多《おお》いほどいいんです。楽《たの》しみが増《ふ》えるから」

動《うご》けない神威《かむい》に、妲己《だっき》が襲《おそ》いかかった。

空中《くうちゅう》から氷《こおり》のヤリが無数《むすう》に降《ふ》りそそぐ。

「これでもくらえ！」

いくつかが神威《かむい》の装甲《そうこう》にあたってくだけた。

「まだまだ！」

スルトが巨大《きょだい》な体《からだ》でヤリを振《ふ》りかぶる。

がきぃん！

神威《かむい》は正面《しょうめん》から受《う》けとめるが、ずる、とその足《あし》がうしろへさがる。

「……神威《かむい》、くそっ」

明《あきら》が舌打《したう》ちする間《あいだ》にも、じりじりと神威《かむい》はおされている。

上空《じょうくう》から追《お》いうちのように再《ふたた》び、氷《こおり》の塊《かたまり》が無数《むすう》に飛《と》んでくる。

「あはははは！」

妲己《だっき》は甲高《かんだか》い笑《わら》い声《ごえ》をひびかせている。

神威《かむい》は明《あきら》と春馬《はるま》に直撃《ちょくげき》しそうな氷《こおり》のヤリを、すべて刀《かたな》で払《はら》いおとした。

しかし破片《はへん》がいくつか、ふたりの腕《うで》や肩《かた》をかすめる。

「ふふっ、なにもできないままやられていく気分《きぶん》はどうです？」

さきほどの明《あきら》とまったく同《おな》じセリフで、芦木《あしき》が挑発《ちょうはつ》する。

明《あきら》を追《お》いつめたことで興奮《こうふん》しているのか、声《こえ》に笑《わら》いが混《ま》じっていた。

「正義感《せいぎかん》の強《つよ》い君《きみ》にとっては最悪《さいあく》ですね、影月《かげつき》くん。まさか無関係《むかんけい》の人間《にんげん》まで巻《ま》きこむなんて」

「……くそ」

その言葉《ことば》に、ぎり、と明《あきら》は歯《は》を食《く》いしばった。

「影月《かげつき》。怒《いか》りを捨《す》てればこのモンストは勝《か》てる」

そんな明《あきら》の肩《かた》に手《て》をやり、春馬《はるま》がさとした。

「影月《かげつき》は何度《なんど》も僕《ぼく》を、僕《ぼく》の行《い》くべきところに連《つ》れて行《い》ってくれた。今度《こんど》は僕《ぼく》が君《きみ》を連《つ》れて行《い》く」

「動《うご》けもしないのにかっ……これは俺《おれ》がはじめたバトルだ！　俺《おれ》がカタをつける」

なんとか動《うご》きだした神威《かむい》を、明《あきら》は操《あやつ》ろうとする。

しかしダメージが残《のこ》っていて、スルトの追撃《ついげき》をかわしきれない。

強烈《きょうれつ》な薙《な》ぎはらいで壁《かべ》にたたきつけられた。

「なーんか飽《あ》きてきたなぁ」

「思《おも》ったより泣《な》きわめかないしなぁ」

「奥《おく》の手《て》も出《だ》すハメになったし……死《し》なない程度《ていど》にトドメ、さしますか……おい、やれ」

歪《ゆが》みきった笑顔《えがお》で芦木《あしき》が言《い》うと同時《どうじ》に、妲己《だっき》が飛《と》びこんできた。

「九尾《びび》の力《ちから》、見《み》たいでしょう？　見《み》たいわよねぇ？」

悪《あく》の妃《きさき》である妲己《だっき》は、妖術《ようじゅつ》で傀儡《くぐつ》を操《あやつ》る。

カクカクと不気味《ぶきみ》に動《うご》く木偶人形《でくにんぎょう》が襲《おそ》ってきた。

神威《かむい》に激突《げきとつ》した瞬間《しゅんかん》、大《おお》きな爆発《ばくはつ》が起《お》こる。

残《のこ》った力《ちから》ではおさえきれない。

明《あきら》は一瞬覚悟《いっしゅんかくご》をして、ぐっと目《め》を閉《と》じた。

「…………」

フィールドから爆風《ばくふう》が去《さ》り、明《あか》るさがもどる。

衝撃《しょうげき》がこない。

「！　おまえ……」

目《め》に入《はい》ったのは、春馬《はるま》の背中《せなか》だった。

明《あきら》を守《まも》るように、立《た》ちはだかっている。

「すごいな。影月《かげつき》はひとりでこれをおさえていたのか」

ひたいからつっと一筋《ひとすじ》、血《ち》がしたたり、ぽたりと床《ゆか》におちた。

しかし春馬《はるま》の口元《くちもと》には小《ちい》さな笑《え》みがある。

その赤色《あかいろ》に明《あきら》が言葉《ことば》を失《うしな》っていると、春馬《はるま》はさらに高《たか》く手《て》をひろげた。

春馬《はるま》の前《まえ》には、彼《かれ》の召喚《しょうかん》したカグツチの姿《すがた》がある。

フィールドの重力《じゅうりょく》でほとんど動《うご》けないようだが、春馬《はるま》と同《おな》じ姿勢《しせい》で、ふたりのプレイヤーを守《まも》っていた。

そんなカグツチと春馬《はるま》に、妲己《だっき》はすかさず次《つぎ》の攻撃《こうげき》をしかける。

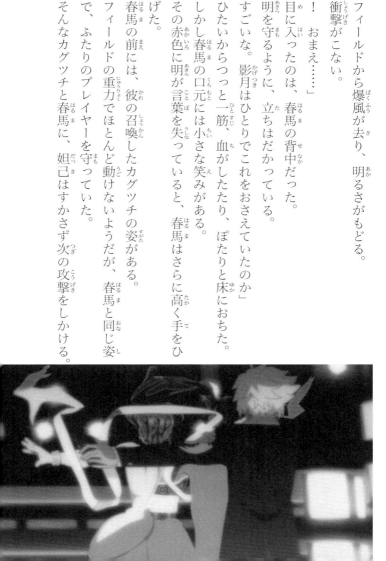

「バカかおまえ！」

春馬《はるま》がなぜそこまでするのか、明《あきら》にはわからなかった。

どうして自分《じぶん》のために、ここまで必死《ひっし》になるのだろう。

「おまえじゃない。春馬《はるま》だ……ぐぁっ」

至近距離《しきんきょり》を飛《と》びぬけた氷《こおり》のヤリの衝撃《しょうげき》で、春馬《はるま》がよろけた。

「！」

明《あきら》は位置《いち》を入《い》れ替《か》えるように、春馬《はるま》の前《まえ》に立《た》つ。

なにかを考《かんが》えたわけでもなく、自然《しぜん》に体《からだ》が動《うご》いた。

注《そそ》がれる氷《こおり》のヤリから、春馬《はるま》とカグツチを守《まも》った。

「へえ？　さすが兄妹《きょうだい》。あの子《こ》とやることがいっしょだ。まあでも、そろそろやられたほうが楽《らく》ですよ」

「貴様《きさま》！」

妹《いもうと》のことを口《くち》に出《だ》す芦木《あしき》に、明《あきら》が怒《いか》りの形相《ぎょうそう》になる。

「影月《かげつき》、怒《いか》りをおさえるんだ」

そんな明《あきら》の肩《かた》を、ぐっと春馬《はるま》がおさえた。

「ネロを倒《たお》そう。フィールド拡張《かくちょう》も、この身動《みうご》きのとれなさもおそらくあいつが関《かか》わっている。影月《かげつき》。僕《ぼく》にむかって撃《う》て」

耳元《みみもと》で告《つ》げられたそんな提案《ていあん》に、明《あきら》は怒鳴《どな》る。

「ありえない！」

「大丈夫《だいじょうぶ》だ。ひとりじゃできないことでも、仲間《なかま》の力《ちから》を合《あ》わせればできることがある」

「あるわけない」

「ある……絶対《ぜったい》にあるんだ。僕《ぼく》は知《し》ってる」

経験《けいけん》でもあるのか、春馬《はるま》はきっぱりと言《い》った。

「僕《ぼく》と仲間《なかま》を信《しん》じろ……明《あきら》！」

春馬《はるま》がぐっと、明《あきら》をむきなおらせる。

ふたりの視線《しせん》が正面《しょうめん》からぶつかる。

春馬《はるま》のひたいからはまだ、血《ち》が流《なが》れていた。

「動《うご》けなくてもいい、敵《てき》を撃《う》つ必要《ひつよう》もない。……モンストをやる人間《にんげん》ならわかるはずだ。

冷静《れいせい》になって、妹《いもうと》さんといっしょにモンストをしていたときを思《おも》い出《だ》せ」

明《あきら》の両肩《りょうかた》をつかんで春馬《はるま》はつづける。

「どんな攻撃《こうげき》より強《つよ》い力《ちから》を、仲間《なかま》となら撃《う》てることを！」

ギリギリと少《すこ》しずつ、拘束《こうそく》された神威《かむい》が動《うご》きはじめた。

明《あきら》がゆっくりと、ふるえる腕《うで》を引《ひ》く。

神威《かむい》の腕《うで》が、カグツチの背《せ》にそっと触《ふ》れた。

瞬間《しゅんかん》、明《あきら》がショットをはなち、神威《かむい》の体《からだ》から激《はげ》しい力《ちから》がみなぎる。

そしてその力《ちから》は、カグツチに流《なが》れこむ。

同化《どうか》した二体《たい》は、一気《いっき》にネロに突《つ》っこんでいく。

横《よこ》から飛《と》びだしたオセローとスルトが止《と》めようとするが、あっさりとはじいた。

がっ！

まっすぐな軌道《きどう》で飛《と》んだ神威《かむい》とカグツチは、激《はげ》しい爆発《ばくはつ》を起《お》こす。

いや、神威《かむい》とカグツチだけではない。

どこからともなくあらわれたモンスター、デッドラビッツとシリウスもいっしょだった。

仲間《なかま》の力《ちから》がひとつになり、極太《ごくぶと》のレーザーとなってネロを焼《や》く。

ブツリと音《おと》を立《た》ててネロが消《き》えた。

蒸発《じょうはつ》するようにあとかたもなく、いなくなる。

同時《どうじ》にフィールドの形《かたち》ももとにもどった。

「しまった！」

芦木《あしき》が叫《さけ》ぶ。

フィールド外《がい》にはじかれた明《あきら》が体《からだ》を起《お》こす。

「おまえたち……」

目《め》の前《まえ》に立《た》っていたのは、デッドラビッツとシリウスで加勢《かせい》したふたりのプレイヤー。

「おまえじゃないでしょ、葵《あおい》ってよんで！」

「ヒーローは遅《おく》れてやってくるっ」

葵《あおい》と皆実《みなみ》だった。

こつこつと、春馬《はるま》も歩《ある》いてくる。

「違法《いほう》な空間《くうかん》は消《き》えた。これで本当《ほんとう》のモンストができる……葵《あおい》、皆実《みなみ》」

「うん！　了解《りょうかい》」

「イエッサー！　いっくよぉー」

双子《ふたご》のデッドラビッツが二体《たい》たてつづけにパンチを繰《く》りだす。

一体《いったい》をかわしても、まだもう一体《いったい》だ。たまらずオセローがぐらついた。

「ロケットパーンチ！　おまえはもう、死《し》んでいる！　ほぁた！」

どこかできいたようなセリフとともに、シュッと皆実《みなみ》がスマホを擦《こす》る。

ロケットパンチで今度《こんど》こそオセローが倒《たお》れる。

春馬《はるま》のカグツチと葵《あおい》のシリウスも、スルトと妲己《だっき》を相手《あいて》に立《た》ちまわる。

カグツチは槍《やり》で貫《つらぬ》いた妲己《だっき》の操《あやつ》り人形《にんぎょう》を、思《おも》いっきり吹《ふ》っ飛《と》ばした。

ドミノ倒《たお》しのように、オセロー、妲己《だっき》、スルトが一カ所《いっかしょ》に集《あつ》まる。

「次《つぎ》の一撃《いちげき》で終《お》わる。明《あきら》がはじめたバトルだ。明《あきら》の手《て》で終《お》わらせろ」

フィールドの様子《ようす》をながめながら、春馬《はるま》が明《あきら》の横《よこ》に立《た》った。

「……それはイヤミか」

言《い》いかえす明《あきら》の目《め》にも『道《みち》』が見《み》えている。

「友情《ゆうじょう》コンボを制《せい》する者《もの》は、試合《しあい》を制《せい》す～！」

「終《お》わりよければすべてよし！　だよね」

葵《あおい》と皆実《みなみ》が言《い》った。

そう。

味方《みかた》の三体《たい》から力《ちから》を借《か》りてぶつける、友情《ゆうじょう》コンボの『道《みち》』。

明《あきら》はそこに、狙《ねら》いをさだめる。

「そうだな」と、小《ちい》さく笑《わら》った。

神威《かむい》のエネルギーが高《たか》まっていく。

「仙台《せんだい》でもこうやって戦《たたか》っていた。神《かみ》ノ原《はら》でも、こうやって戦《たたか》うべきだった」

それぞれの敵《てき》をロックオンし、一気《いっき》に引《ひ》いた。

神威《かむい》が飛《と》びだす。

デッドラビッツからシリウス、そしてカグツチへ。

それぞれが加《くわ》わるごとに、それは強《つよ》く大《おお》きな光《ひかり》となり、

「行《い》け、神威《かむい》、これで終《お》わりだ！」

極太《ごくぶと》のレーザーとなって、ひと塊《かたまり》になった敵《てき》にぶつかり、大爆発《だいばくはつ》を起《お》こす。

フィールド一杯《いっぱい》に、光《ひかり》があふれた。

それがゆっくりと引《ひ》いていくと……あとにはなにも、残《のこ》らなかった。

一瞬《いっしゅん》、しんと周囲《しゅうい》がしずまる。

観客《かんきゃく》の歓声《かんせい》が、次《つぎ》の瞬間爆発《しゅんかんばくはつ》した。

勝《か》ったのは、明《あきら》だ。

「やったぁぁぁ！　勝利《しょうり》のポーズ」

「うっ！」

皆実《みなみ》が駆《か》けより、明《あきら》の腕《うで》を複雑《ふくざつ》にひねりあげる。

「や、やめろ！　くっつくな！　……助《たす》けろ、春馬《はるま》」

キャッキャとまとわりつかれた明《あきら》は、すっかりまいって声《こえ》をあげる。

はじめて、春馬《はるま》のことを名前《なまえ》で呼《よ》んだ。

それに気《き》づいてか、春馬《はるま》の表情《ひょうじょう》がふっとほころぶ。

3

その日《ひ》は、朝《あさ》からすっきりとした青空《あおぞら》が広《ひろ》がった。

春馬《はるま》が教室《きょうしつ》でスマホをいじっていると、カタンと音《おと》がしてドアが開《ひら》く。

「明《あきら》、制服《せいふく》できたのか」

ちょっと居心地悪《いごこちわる》そうに入《はい》ってくるのは、神《かみ》ノ原中《はらちゅう》の制服《せいふく》を着《き》た明《あきら》だった。

「……なんとなく襟元《えりもと》が気《き》に食《く》わない」

小《ちい》さな声《こえ》で言《い》うと、指先《ゆびさき》でタイをはずしてしまう。

春馬《はるま》と視線《しせん》を合《あ》わせるのが照《て》れくさいのか、目《め》が泳《およ》いでいた。

「明《あきら》、この前《まえ》の奴《やつ》らはモンストＩＤ《アイディー》をはく奪《だつ》された。もみ消《け》されてた件《けん》も傷害事件《しょうがいじけん》として捜査《そうさ》されるそうだ」

「知《し》ってる。それより……おまえのケガは」

ぶっきらぼうにたずねた。

「ああ、出血《しゅっけつ》の割《わり》には大《たい》したことない。すぐに治《なお》るそうだ」

ひたいにまかれた包帯《ほうたい》に、春馬《はるま》は軽《かる》くふれる。

「……そうか」

ほんの少《すこ》しホッとしたような声《こえ》で明《あきら》は言《い》った。

「今日《きょう》は機嫌《きげん》がいいんだな」

「ルリが……妹《いもうと》が笑《わら》ったんだ」

窓《まど》の外《そと》の晴天《せいてん》をながめて答《こた》える。

「ずっと病院《びょういん》でふさぎこんでたんだが……あいつらが捕《つか》まったって聞《き》いて、安心《あんしん》したんだろう」

そう話《はな》しながらスマホで一枚《まい》の写真《しゃしん》を春馬《はるま》に見《み》せた。

ちょっとツンとした、でもかわいらしい女《おんな》の子《こ》の写真《しゃしん》。

「これが妹《いもうと》さんか？　明《あきら》とそっくりだな」

「モンストも再開《さいかい》するそうだ」

スマホをしまった明《あきら》は、また居心地《いごこち》悪《わる》そうな表情《ひょうじょう》にもどった。

朝《あさ》の教室《きょうしつ》には、ふたり以外《いがい》の誰《だれ》もいない。

少《すこ》しの間《あいだ》、沈黙《ちんもく》が流《なが》れた。

「それで……この間《あいだ》のことなんだが」

きまずそうに切《き》りだした明《あきら》は、そこからつづきを言《い》わない。

「あ……」

「あ？　『あ』がなんだ？」

春馬《はるま》はきょとんとしている。

「あ……その」

黙《だま》りこんだ明《あきら》のほおが、両側《りょうがわ》からむにっとつままれた。

葵《あおい》と皆実《みなみ》だった。

「『あ』の次《つぎ》は『り』でしょ？」

「ありありありありあり〜」

「もっと大事《だいじ》な『あ』のつく言葉《ことば》、あるよね？」

「そうだよ〜ありありありあり〜そりゃ〜」

皆実《みなみ》はやたらとリズミカルに明《あきら》をつっつく。

ふたりにせまられても、明《あきら》からなかなか、その言葉《ことば》は出《で》てこない。

「あ……あそこの花屋《はなや》行《い》くなら、連《つ》れてってやるよ！」

ヤケになったようにそう叫《さけ》んだ。

『ありがとう』きっと明《あきら》はそう言《い》いたくて、でも言《い》えないのだろう。

「もう、素直《すなお》じゃないなあ」

肩《かた》をすくめる葵《あおい》の横《よこ》で、春馬《はるま》は小《ちい》さく……だがとてもうれしそうにほほ笑《え》む。

きっと自分《じぶん》たちはいい仲間《なかま》になれる。そう思《おも》った。


フィールドにパシャリと、水《みず》がはじけた。

青《あお》い蝶《ちょう》、クイーンバタフライが、神威《かむい》の刀《かたな》ですぱりと斬《き》られ宙《ちゅう》に散《ち》る。

「やったね！」

明《あきら》、春馬《はるま》、葵《あおい》、皆実《みなみ》は駆《か》けよってハイタッチだ。

あれから、四人《よにん》はチームを組《く》んでモンストをはじめた。

すぐに息《いき》が合《あ》うようになり、ランクもぐんぐんあがっている。

トップランカーとよばれる日《ひ》も、遠《とお》くないかもしれない。

そんな風《ふう》に期待《きたい》をしながら、毎日《まいにち》のようにフィールドに立《た》った。


ゆうぐれの街《まち》に、車《くるま》のクラクションがひびいている。

いつものようにモンストをして、四人《よにん》で帰《かえ》り道《みち》を歩《ある》いていた。

「今日《きょう》はどの花《はな》にするんだ」

楽《たの》しそうに前《まえ》を歩《ある》く葵《あおい》と皆実《みなみ》の背《せ》を見《み》ながら、明《あきら》がたずねる。

花屋《はなや》による春馬《はるま》につきあうのが、すっかり日課《にっか》になっていた。

「今日《きょう》は……カスミソウかな」

隣《となり》の春馬《はるま》は少《すこ》しぼんやりとした目《め》で答《こた》えた。

「カスミソウ……確《たし》か皆実《みなみ》が言《い》ってたな、花言葉《はなことば》がどうとか……なんだったか」

花言葉《はなことば》を思《おも》い出《だ》そうと明《あきら》が軽《かる》く宙《ちゅう》に視線《しせん》をやる。

そのときふたりの真横《まよこ》を、車《くるま》がブゥンと通《とお》りすぎた。

その大《おお》きなエンジン音《おん》が、周囲《しゅうい》の音《おと》をかき消《け》す。

春馬《はるま》の次《つぎ》の一言《ひとこと》は、明《あきら》の耳《みみ》に届《とど》かなかった。

「花言葉《はなことば》は……『切《せつ》なる願《ねが》い』」


屋上《おくじょう》につづくドアを開《あ》けると春馬《はるま》の背中《せなか》が目《め》に入《はい》った。

柵《さく》にもたれるようにして、じっと動《うご》かない。

「ここにいたのか」

明《あきら》が声《こえ》をかけると、春馬《はるま》が振《ふ》りかえる。

「明《あきら》。どうかしたのか」

「どうしたもなにも……午後《ごご》の授業《じゅぎょう》をサボっておいて、なにを言《い》ってる」

教室《きょうしつ》から持《も》ってきてやったカバンを持《も》ちあげて見《み》せる。

「もうそんな時間《じかん》か……サボるつもりはなかった。ただ、考《かんが》えごとをしてた」

「葵《あおい》と皆実《みなみ》が心配《しんぱい》してたぞ。方向音痴《ほうこうおんち》が極《きわ》まって、とうとう教室《きょうしつ》にもこれなくなったか、ってな」

淡々《たんたん》と言《い》いながら、明《あきら》は肩《かた》をすくめた。

「ひどいな」

春馬《はるま》が苦笑《くしょう》する。

「帰《かえ》るぞ、花屋《はなや》に行《い》くんだろ」

「……いや、今日《きょう》はいい。母《かあ》さんの具合《ぐあい》が悪《わる》いんだ。まっすぐ帰《かえ》るよ」

「そうか。そのほうがいい。病気《びょうき》やケガのときは、家族《かぞく》がそばにいるのがいちばんだ」

ルリのことを思《おも》い出《だ》してそう言《い》う明《あきら》に、春馬《はるま》はなぜかふっと表情《ひょうじょう》をくもらせる。

「つらいときにひとりでいるのはさびしいだろ」

明《あきら》がそうつづけると、春馬《はるま》の顔《かお》がふせられた。

「…………明《あきら》」

考《かんが》えごとをするような間《ま》のあと、明《あきら》にむかって口《くち》を開《ひら》く。

「助《たす》けてくれてありがとう」

「……それは逆《ぎゃく》だろう、春馬《はるま》」

助《たす》けられたのは、俺《おれ》のほうだ。

そうつづけようとした明《あきら》に、春馬《はるま》はどこか必死《ひっし》な様子《ようす》で言《い》った。

ふるえる指先《ゆびさき》を隠《かく》すように、ぎゅっとこぶしをにぎる。

「僕《ぼく》はずっと、こわかったんだ。眠《ねむ》ってるだけの母《かあ》さんを見《み》るのが。いっしょにいるのに、まるでひとりぼっちみたいで……毎日《まいにち》花《はな》を買《か》いに行《い》くのも、母《かあ》さんのところに行《い》くのがこわいから、すこしでも行《い》かなくていい時間《じかん》が欲《ほ》しくて、僕《ぼく》は」

春馬《はるま》がどこか苦《くる》しげに息《いき》を吸《す》う音《おと》が聞《き》こえた。

「でも行《い》かなきゃいけないから……」

それでいつも、花屋《はなや》の前《まえ》で迷《まよ》うようにぼんやりとしていたのだろうか。

「道《みち》に迷《まよ》ったわけじゃなかったのか」

「迷《まよ》っていたのも事実《じじつ》だ。明《あきら》が見《み》ず知《し》らずの僕《ぼく》を花屋《はなや》に連《つ》れて行《い》ってくれたのが、うれしかった。あの時間《じかん》だけは、僕《ぼく》はひとりじゃなかったんだ」

そう言《い》って春馬《はるま》は、小《ちい》さく不器用《ぶきよう》な笑《え》みを浮《う》かべた。

あのとき……いや今《いま》も、春馬《はるま》がこんなことを考《かんが》えていたなんて、知《し》らなかった。

「そうだ、おまえは、ひとりじゃない」

明《あきら》はつかつかと近《ちか》よって、照《て》れかくしにカバンをぐいっと押《お》しつける。

「葵《あおい》も皆実《みなみ》も……それに俺《おれ》もいる。俺《おれ》の仲間《なかま》は、おまえたちだ」

思《おも》いきって言《い》ってから、くるりと背《せ》をむけた。


「春馬《はるま》どうしちゃったのかな〜。最近《さいきん》ますますボーッとしてるよね」

「ほんと。人《ひと》の心配《しんぱい》はするくせに、自分《じぶん》のことは話《はな》してくれないんだから。……あっ、明《あきら》。

どうだった？　春馬《はるま》いた？」

中庭《なかにわ》で、皆実《みなみ》と葵《あおい》がそんな会話《かいわ》をして明《あきら》を待《ま》っていた。

「屋上《おくじょう》にいたが、母親《ははおや》の具合《ぐあい》が悪《わる》いから今日《きょう》はまっすぐ家《いえ》に帰《かえ》るそうだ」

「家《いえ》？　でも春馬《はるま》のお母《かあ》さんって退院《たいいん》してないよね」

皆実《みなみ》が不思議《ふしぎ》そうに首《くび》をかしげる。

「……そうなのか？」

さきほどの春馬《はるま》の様子《ようす》を思《おも》い出《だ》す。

ふるえた指先《ゆびさき》。苦《くる》しげに漏《も》らされた本音《ほんね》。

なにか気《き》になる。明《あきら》は眉間《みけん》に軽《かる》くしわをよせた。

4

「おぱりお！　イン・ジ・アフタヌーン！」

受付《うけつけ》で、皆実《みなみ》が妙《みょう》なあいさつをした。

気《き》になって、春馬《はるま》の母《はは》が入院《にゅういん》しているはずの病院《びょういん》を訪《たず》ねてみたのだ。

「久《ひさ》しぶり。春馬《はるま》くんのお母《かあ》さんのお見《み》舞《ま》い？」

顔《かお》見《み》知《し》りのスタッフがにこやかに応対《おうたい》する。

「はい。春馬《はるま》はきてますか？」

「それが最近《さいきん》きてないのよね」

「え？　きて、ない？」

さらりと言《い》われて、葵《あおい》が首《くび》をひねる。

春馬《はるま》はいつも、学校《がっこう》から花屋《はなや》、そして病院《びょういん》によっていたはずだ。

「お母《かあ》さんの具合《ぐあい》が悪《わる》くなったって聞《き》いたんですけど……」

「そんなことないわ。いつも通《どお》りよ」

三人《にん》は顔《かお》を見《み》あわせる。

「じゃあ家《いえ》で春馬《はるま》を待《ま》ってるのは……誰《だれ》？　どういうこと？」

「誰《だれ》にお花《はな》を贈《おく》ってるんだろ？」

「なにかがおかしい。葵《あおい》、皆実《みなみ》、春馬《はるま》を探《さが》そう」

嫌《いや》な予感《よかん》を胸《むね》に抱《かか》えて、明《あきら》は小走《こばし》りに病院《びょういん》を出《で》た。


春馬《はるま》は部屋《へや》の中《なか》でぼんやりと、椅子《いす》に座《すわ》っていた。

そばには大《おお》きなベッドがある。

こんもりと人《ひと》の形《かたち》にふくらんだシーツ。

それに……多《おお》すぎるほどの花束《はなたば》。

「ひとりにしてごめん、母《かあ》さん。僕《ぼく》だけが仲間《なかま》と楽《たの》しんでた」

思《おも》いつめたような口調《くちょう》で春馬《はるま》がつぶやく。

その目《め》はうつろだった。

「父《とう》さんは忙《いそが》しくて帰《かえ》ってこられない。母《かあ》さんには僕《ぼく》しか、いなかったのに」

春馬《はるま》のまわりには、黒《くろ》い何者《なにもの》かの気配《けはい》がうごめいていた。

それはゆっくりと人間《にんげん》の女性《じょせい》のような形《かたち》に集《あつ》まる。

「これからはずっといっしょに……僕《ぼく》……が」

しゅう、と音《おと》を立《た》てて、ベッドを埋《う》めつくす花束《はなたば》が枯《か》れ落《お》ちた。

一瞬《いっしゅん》でまっ黒《くろ》になった花《はな》にかこまれて、春馬《はるま》がかすかに笑《わら》っている。

「ぼ、く……いや、オレ、が……」

瘴気《しょうき》に取《と》りつかれたように、春馬《はるま》の表情《ひょうじょう》が邪悪《じゃあく》なものに変《か》わっていく。

かっと目《め》を見開《みひら》いたときには、完全《かんぜん》に別人《べつじん》のようになっていた。

あちこち駆《か》けまわって、明《あきら》たちが春馬《はるま》を見《み》つけたのは……モンストコロシアムだった。

「どうして？　どうして春馬《はるま》はひとりで戦《たたか》ってるの？」

二階席《かいせき》から見《み》おろす春馬《はるま》は、たったひとりで四人組《よにんぐみ》を相手《あいて》にしている。

すぱすぱとスマホを操《あやつ》ってショットしているが、その動《うご》きはあまりにも乱暴《らんぼう》だった。

カグツチのヤリが、縦横《じゅうおう》と無造作《むぞうさ》に振《ふ》りまわされる。

「あんな戦《たたか》い方《かた》……春馬《はるま》はしないのに」

叩《たた》き潰《つぶ》すように四体《たい》を沈《しず》めたカグツチが、さらに五色《しょく》の勾玉《まがたま》を呼《よ》びだし、ぶつけた。

「な、なんだよあいつ……」

対戦相手《たいせんあいて》がすっかりとおびえていた。

すでに勝《か》ちは決《き》まっているのに、春馬《はるま》はなおも攻撃《こうげき》の手《て》を休《やす》めない。

このままではプレイヤーにまで危害《きがい》がおよぶ。

「ちっ」

明《あきら》は、観客《かんきゃく》とプレイヤーをへだてるフェンスを飛《と》びこえて、春馬《はるま》の隣《となり》に立《た》った。

こんなのは、春馬《はるま》じゃない。

どうにかして止《と》めなければ。

「探《さが》したぞ春馬《はるま》。俺《おれ》たちに隠《かく》しごとをするな」

春馬《はるま》は、振《ふ》りかえらなかった。

なにも聞《き》こえてなどいないというように、倒《たお》れている相手《あいて》にまた攻撃《こうげき》を仕掛《しか》けようとする。

「やめろ。こんなの以前《いぜん》の俺《おれ》と同《おな》じじゃないか」

言葉《ことば》とともに伸《の》ばされた明《あきら》の手《て》を、ふりはらった。

「オレは、チームをぬける」

ぼそりと言《い》うなり、最後《さいご》の一撃《いちげき》を見舞《みま》った。

相手《あいて》のモンスターが跡形《あとかた》もなく消《き》える。

「待《ま》ってよ春馬《はるま》、どういうこと？　ずっといっしょにやってきたのに」

「私《わたし》たち、仲間《なかま》でしょ？」

駆《か》けよってきた葵《あおい》と皆実《みなみ》の言葉《ことば》にも、春馬《はるま》はやはり、反応《はんのう》しない。

それどころかひとりごとのように、言《い》い捨《す》てた。

「おまえたちなど、必要《ひつよう》ない」

まるで、最初《さいしょ》から仲間《なかま》など存在《そんざい》しなかったかのように。

春馬《はるま》の声《こえ》はどこまでも冷《つめ》たかった。


「オレは……いったいなにを……」

気《き》づくと春馬《はるま》は自分《じぶん》の家《いえ》にいた。

目《め》の前《まえ》に空《から》のベッド。枯《か》れた花《はな》。うごめく瘴気《しょうき》。

「ちがう……こんなの。知《し》ってる。オレは……知《し》ってるはずだ。仲間《なかま》と力《ちから》を合《あ》わせたときこそ、本当《ほんとう》の力《ちから》が……」

うめきながら立《た》ちあがり、部屋《へや》を出《で》ようとした。

しかしそれを許《ゆる》さないものがいる。

黒《くろ》い女《おんな》の形《かたち》の影《かげ》だ。

「本当《ほんとう》に？　誰《だれ》が言《い》ったの？」

耳元《みみもと》でひそひそと女《おんな》は囁《ささや》く。

「わからない……でも確《たし》かに、大事《だいじ》な友《とも》だち、だった」

花屋《はなや》へつづく道《みち》を歩《ある》くと、いつもぼんやりと思《おも》い出《だ》す『誰《だれ》か』の背中《せなか》。

手《て》を伸《の》ばすと幻《まぼろし》のように消《き》えてしまうけれど。

「お母《かあ》さんを苦《くる》しませているのは、その子《こ》なのに？」

「ちが……」

「ちがわないわ、春馬《はるま》。そんな子《こ》のこと、忘《わす》れてしまいなさい」

「いやだ……忘《わす》れたくない……」

女《おんな》の影《かげ》がゆっくりと腕《うで》を伸《の》ばして、春馬《はるま》の髪《かみ》をなでる。

「だいじょうぶ。なにもかも、記憶《きおく》の底《そこ》に沈《しず》めてあげる。そしてあなたに、ふさわしい力《ちから》をあげるわ」

女《おんな》の影《かげ》が春馬《はるま》をつつみこんでいく。

「あなたにしかできない戦《たたか》いを、お母《かあ》さんに見《み》せてちょうだい」

くすくすと笑《わら》い声《ごえ》だけがひびく。

春馬《はるま》の目《め》からゆっくりと光《ひかり》が消《き》えた。

神《かみ》ノ原《はら》の街《まち》を一望《いちぼう》できる丘《おか》に、明《あきら》と春馬《はるま》が立《た》っていた。
たったふたりで、まっすぐにむきあっている。
「……勝負《しょうぶ》の前《まえ》に約束《やくそく》しろ春馬《はるま》。俺《おれ》が勝《か》ったらチームにもどってくると」
単独行動《たんどくこうどう》をはじめた春馬《はるま》は、明《あきら》の話《はなし》をまったくきかない。
モンストで勝負《しょうぶ》をもちかけて、やっとこうして待《ま》ちあわせが叶《かな》った。
「勝《か》てるのか？　おまえに」
噛《か》みつくように問《と》いかえす。
やはり、人《ひと》が変《か》わったようだ。
春馬《はるま》になにが起《お》こったのかはわからない。
しかし、明《あきら》は決《き》めている。
いつか自分《じぶん》が春馬《はるま》にしてもらったのと同《おな》じように、彼《かれ》をもとにもどすつもりだ。

明《あきら》は心《こころ》を乱《みだ》さず、淡々《たんたん》と答《こた》える。

「前《まえ》の俺《おれ》とはちがう、おまえが教《おし》えてくれた。怒《いか》りを捨《す》てたモンストを」

春馬《はるま》はそれにはこたえずバッと手《て》をあげる。

無人《むじん》の丘《おか》に、バトルフィールドが展開《てんかい》された。

「外《そと》で4DAR《フォーディーエーアール》が展開《てんかい》だと？」

プレイヤーとモンスターの動《うご》きをシンクロさせる最新《さいしん》の4DAR《フォーディーエーアール》システムは、モンストの運営《うんえい》が厳重《げんじゅう》に管理《かんり》している。

ちょっとした改造《かいぞう》ならまだしも外《そと》で展開《てんかい》など、できることではない。

春馬《はるま》はいったいどこで、こんなプログラムを手《て》に入《い》れたのだろう。

夜《よる》の闇《やみ》を切《き》りとるようにあらわれたフィールドの中《なか》に神威《かむい》が立《た》つ。

そして春馬《はるま》の隣《となり》には、パーカーのフードを目深《まぶか》にかぶった、見《み》なれない少女《しょうじょ》がすっとあらわれた。

少女《しょうじょ》はばさりと一気《いっき》に、巨大《きょだい》な羽《はね》を広《ひろ》げる。

堕天使《だてんし》ルシファー。

闇属性《やみぞくせい》の強力《きょうりょく》なモンスターだ。

これまで明《あきら》たちのチームは、四人《よにん》で火《ひ》、土《つち》、水《みず》、光《ひかり》とそれぞれの属性《ぞくせい》を使《つか》って戦《たたか》っていたのに。

春馬《はるま》は闇《やみ》の力《ちから》で、光《ひかり》の神威《かむい》を倒《たお》すつもりのようだ。

「……火《ひ》の指輪《ゆびわ》はどうした」

春馬《はるま》が持《も》っていた火《ひ》の指輪《ゆびわ》は、モンスト・プレイヤーのアイテムであると同時《どうじ》に、チームの一員《いちいん》である証《あかし》だ。

明《あきら》の問《と》いに、春馬《はるま》は短《みじか》く冷《つめ》たい答《こた》えをかえした。

「おまえと同《おな》じだ。オレにはもう、必要《ひつよう》ない」

「だったらどうしてあのとき、俺《おれ》を助《たす》けた。勝手《かって》に助《たす》けて、勝手《かって》に仲間《なかま》にして……」

明《あきら》がつぶやく。

神威《かむい》が刀《かたな》をかまえ、ルシファーに突《つ》っこんでいく。

闇《やみ》のレーザーをかわして、一気《いっき》に距離《きょり》をつめた。

かわしては斬《き》り、またかわしては斬《き》る。

春馬《はるま》がなにを考《かんが》えているのか、明《あきら》にはわからない。

いつしか、電子《でんし》の異空間《いくうかん》であるフィールドに、ぽつりぽつりと雨粒《あまつぶ》が落《お》ちはじめる。

春馬《はるま》にどうしても、伝《つた》えたいことがあった。

「おまえにはじめて会《あ》ったとき、なに考《かんが》えてるかわからない変《へん》なやつだと思《おも》った。こんな奴《やつ》どうでもいいと思《おも》っていた」

神威《かむい》の動《うご》きを操《あやつ》りながら、明《あきら》はつげる。

そうだ、あのころの自分《じぶん》は、誰《だれ》にもなににも興味《きょうみ》がなかった。

ただ復讐《ふくしゅう》だけで心《こころ》がいっぱいだった。

「おまえがコロシアムに駆《か》けつけてくれて、仲間《なかま》になって、それから……屋上《おくじょう》で話《はな》したあの日《ひ》、俺《おれ》はうれしかったんだ。……本心《ほんしん》を話《はな》してくれて」

同《おな》じように、春馬《はるま》の心《こころ》を占《し》めていたのは恐怖《きょうふ》だった。

ぼんやりとしているだけに見《み》えた春馬《はるま》は、ずっとこわがっていた。

自分《じぶん》の弱《よわ》さや孤独《こどく》におびえていた。

「素直《すなお》に話《はな》せばよかった。もっと早《はや》く、おまえにこの言葉《ことば》を……」

光《ひかり》と闇《やみ》のぶつかり合《あ》いの中《なか》、雨《あめ》はいつしかたたきつけるような強《つよ》さになっていた。

神威《かむい》がぐっと振《ふ》りかぶる。

そしてすべてを打《う》ち払《はら》うように、刀《かたな》を薙《な》いだ。

「……ありがとう」


雨《あめ》は激《はげ》しく、降《ふ》りつづいている。


ざん!

激《はげ》しい雷光《らいこう》とともに、神威《かむい》の刀《かたな》が闇《やみ》を裂《さ》く。

ルシファーの体《からだ》が真《ま》っ二《ぷた》つに割《わ》れ、電子《でんし》のチリとなって消《き》えた。

と思《おも》ったのは、わずか一瞬《いっしゅん》のこと。

「!」

両断《りょうだん》されたはずのルシファーは、まばたきひとつよりも短《みじか》い時間《じかん》で、形《かたち》を取《と》りもどした。

さきほどまでと変《か》わらぬ姿《すがた》で神威《かむい》を見《み》おろしている。

どうやら斬《き》ったのはルシファーではなくその残像《ざんぞう》だったようだ。

『終《お》わりだ』
冷酷《れいこく》な声《こえ》がひびく。
ルシファーはパチンと指《ゆび》を鳴《な》らした。
雨粒《あめつぶ》がすべて、闇色《やみいろ》の十字架《じゅうじか》になる。
そして、それは巨大《きょだい》なまがまがしい光《ひかり》の円《えん》となり、一瞬《いっしゅん》で神威《かむい》をのみこんだ。
「っっっ！　神威《かむい》！」
フィールドが闇《やみ》につつまれた。
そしてそれは、ゆっくりと晴《は》れていく。
後《あと》に残《のこ》ったのは、明《あきら》と春馬《はるま》だけだった。
ふたりの間《あいだ》に、激《はげ》しい雨《あめ》が降《ふ》りつづいている。
「おまえの負《ま》けだ」
春馬《はるま》は、ただ一言《ひとこと》、そう言《い》い捨《す》てる。
小《ちい》さななにかを、明《あきら》にむかって投《な》げつけた。
キンと音《おと》を立《た》てて転《ころ》がったのは、火《ひ》の指輪《ゆびわ》。

『おまえと同《おな》じだ。オレにはもう、必要《ひつよう》ない』
つい先《さき》ほど投《な》げられた言葉《ことば》が頭《あたま》によみがえる。
ぬれた足音《あしおと》が遠《とお》ざかり、春馬《はるま》の背中《せなか》が見《み》えなくなる。
とうとう明《あきら》の言葉《ことば》は、届《とど》かなかった。
「それでも……俺《おれ》は待《ま》ちつづける。おまえ以上《いじょう》の仲間《なかま》なんて、いない」
明《あきら》はじっと、足元《あしもと》に落《お》ちたリングを見《み》つめていた。
ぬかるんだ地面《じめん》に膝《ひざ》をつき、そっと拾《ひろ》いあげる。
てのひらで鈍《にぶ》く光《ひか》らせ、強《つよ》くにぎりしめた。
春馬《はるま》はきっと、もどってくる。
それまでは……誰《だれ》とも組《く》まない。
街灯《がいとう》にうっすらと自分《じぶん》の影《かげ》が伸《の》びている。
雨《あめ》に打《う》たれたその影《かげ》が、泣《な》いているようにも見《み》えた。

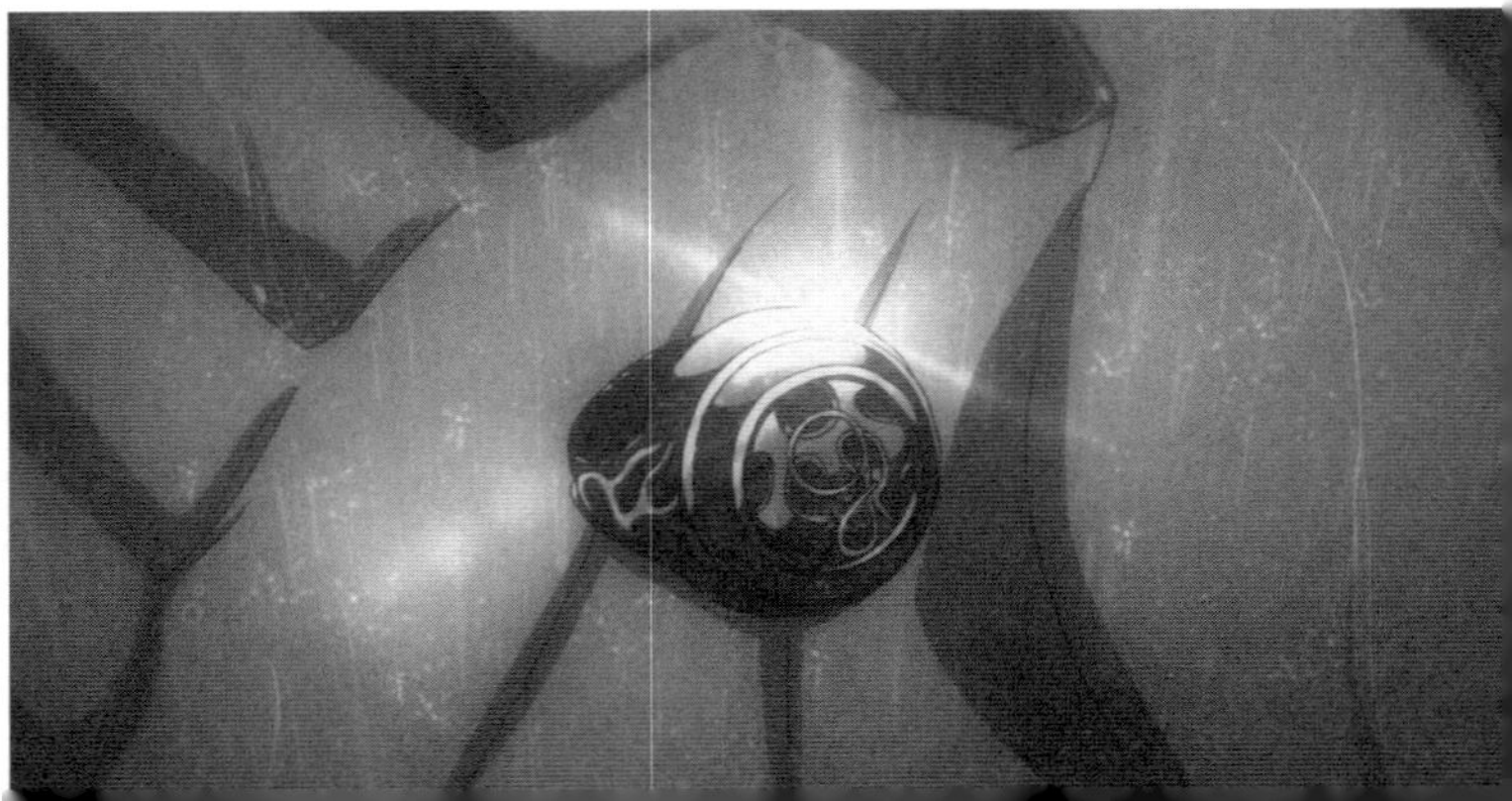

エピローグ

葵《あおい》・皆実《みなみ》・春馬《はるま》の抜《ぬ》け落《お》ちた記憶《きおく》。

背中《せなか》しか覚《おぼ》えていない『誰《だれ》か』。

チームを去《さ》った春馬《はるま》のその後《あと》……彼《かれ》にまとわりつく黒《くろ》い影《かげ》の正体《しょうたい》。

すべては『モンストアニメ』と『モンスターストライク THE《ザ》 MOVIE《ムービー》』であきらかになる。

この本《ほん》は、『モンストアニメ』の、夏《なつ》スペシャル「マーメイド・ラプソディ」と映画公開《えいがこうかい》スペシャル「レイン・オブ・メモリーズ」をもとにノベライズしたものです。

集英社みらい文庫

モンスターストライク

アニメスペシャルノベライズ　―君《きみ》を忘《わす》れない―

XFLAG™ スタジオ　原作
相《あい》羽《ば》 鈴《りん》 著　加藤陽一《かとうよういち》 後藤《ごとう》みどり　脚本

ファンレターのあて先
〒101-8050　東京都千代田区一ツ橋 2-5-10　集英社みらい文庫編集部
いただいたお便りは編集部から先生におわたしいたします。

2017 年 12 月 27 日　第 1 刷発行

発行者　北畠輝幸
発行所　株式会社 集英社
〒101-8050　東京都千代田区一ツ橋 2-5-10
電話　編集部 03-3230-6246
読者係 03-3230-6080
販売部 03-3230-6393（書店専用）
http://miraibunko.jp
装丁　+++ 野田由美子　中島由佳理
印刷　図書印刷株式会社　凸版印刷株式会社
製本　図書印刷株式会社

★この作品はフィクションです。実在の人物・団体・事件などにはいっさい関係ありません。

ISBN978-4-08-321415-8　C8293　N.D.C.913　184P　18cm

大《だい》ヒット映画《えいが》のノベライズ！
集英社みらい文庫
絶《ぜっ》賛《さん》発《はつ》売《ばい》中《ちゅう》!!!

中学生《ちゅうがくせい》のレン・葵《あおい》・皆実《みなみ》・明《あきら》は「モンスターストライク」の全国大会《ぜんこくたいかい》をめざしていた。ある日《ひ》、レンたちの前《まえ》に、世界征服《せかいせいふく》をたくらむ「ゲノム」が現《あらわ》れる。そして…

明《あきら》が4年《ねん》前《まえ》の世界《せかい》へと飛《と》ばされてしまう…!

そこで出会《であ》ったのは、10歳《さい》のレンたち。ゲノムの野望《やぼう》から世界《せかい》を守《まも》るため、レンたちの大《だい》冒険《ぼうけん》が始《はじ》まる!

モンスターストライク™
MONSTER STRIKE THE MOVIE
はじまりの場所へ

XFLAG™ スタジオ/原作《げんさく》　相羽《あいば》 鈴《りん》/著《ちょ》　岸本《きしもと》 卓《たく》/脚本《きゃくほん》

田《た》中《なか》くんって何《なに》者《もの》!?

試《ため》し読《よ》み読《どく》者《しゃ》から絶《ぜっ》賛《さん》の嵐《あらし》！

- ぼくも給食《きゅうしょく》マスターになりたいです（8歳・小学生）
- 田《た》中《なか》くんのおかげで給食《きゅうしょく》が好《す》きになりました（10歳・小学生）
- この本《ほん》を読《よ》んで牛乳《ぎゅうにゅう》が飲《の》めるようになりました（11歳・小学生）
- この本《ほん》、めっちゃオモろい！（12歳・中学生）
- 田《た》中《なか》くんカワイイ～♥（14歳・中学生）
- 「牛乳《ぎゅうにゅう》カンパイ係《がかり》」の仕事《しごと》ぶり、勉強《べんきょう》になります（25歳・会社員）
- 料理《りょうり》男子《だんし》な田《た》中《なか》くんと結婚《けっこん》した～い（29歳・OL）
- ウチの子《こ》の食《た》べ物《もの》の好《す》き嫌《きら》いがなくなりました（43歳・主婦）
- 田《た》中《なか》くんを読《よ》んで勇気《ゆうき》がでました。就職《しゅうしょく》します（34歳・無職）
- 文《もん》部《ぶ》科《か》学《がく》省《しょう》の大《だい》臣《じん》に推《すい》薦《せん》したい本《ほん》ですね（59歳・会社役員）

あらすじ

御《お》石《いし》井《い》小《しょう》学《がっ》校《こう》5年《ねん》1組《くみ》の転《てん》校《こう》生《せい》・鈴《すず》木《き》ミノルは
牛乳《ぎゅうにゅう》が苦《に》手《がて》で給食《きゅうしょく》が大《だい》きらい！
しかし、同《おな》じクラスの「牛乳《ぎゅうにゅう》カンパイ係《がかり》」田《た》中《なか》くんと出《で》会《あ》い、
とんでもない給食《きゅうしょく》タイムを目《ま》の当《あ》たりにして……!!
読《よ》めば読《よ》むほどおいしくなるデリシャス学《がく》園《えん》グルメコメディ♪

みんなが夢《む》中《ちゅう》の

[牛乳《ぎゅうにゅう》カンパイ係《がかり》、田中《たなか》くん]

作《さく》・並木《なみき》たかあき　絵《え》・フルカワマモる

大《だい》好《こう》評《ひょう》発《はつ》売《ばい》中《ちゅう》!!

めざせ！給食《きゅうしょく》マスター

第《だい》1弾《だん》

天才《てんさい》給食《きゅうしょく》マスターからの挑戦状《ちょうせんじょう》！

第《だい》2弾《だん》

給食皇帝《ロイヤルマスター》を助けよう！

第《だい》3弾《だん》

給食《きゅうしょく》マスター決定戦《けっていせん》！

父《ちち》と子《こ》の親子丼《おやこどん》対決《たいけつ》！

第《だい》4弾《だん》

第《だい》5弾《だん》

給食《きゅうしょく》マスター初指令《はつしれい》！

友情《ゆうじょう》の納豆《なっとう》レシピ

好《こう》評《ひょう》発《はつ》売《ばい》中《ちゅう》!!

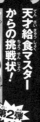

残《のこ》るのか――!
限界《げんかい》を超《こ》えた
ゲームがはじまる!
50
6
28
50人《にん》の小学生《しょうがくせい》が最後《さいご》の一人《ひとり》になるまで
ひとつの競技《きょうぎ》でたたかう大会《たいかい》、ラストサバイバル。
「最後《さいご》まで残《のこ》った優勝者《ゆうしょうしゃ》はなんでも願《ねが》いごとがかなう」という。
小《しょう》6の桜井《さくらい》リクはラストサバイバルに参加《さんか》し、優勝《ゆうしょう》をめざすが…!?
このゲームは遊《あそ》びじゃない!!
おどろきのラストを見逃《みのが》すな!!
シリーズ絶《ぜっ》賛《さん》発《はつ》売《ばい》中《ちゅう》!

だれが最《さい》後《ご》まで
第《だい》2弾《だん》
でてはいけないサバイバル教室《きょうしつ》
好《こう》評《ひょう》発《はっ》売《ばい》中《ちゅう》！
第《だい》1弾《だん》
最後《さいご》まで歩《ある》けるのはだれだ!?
生《い》き残《のこ》りゲーム
ラストサバイバル
大久保開《おおくぼひらく》作《さく》
北野詠一《きたのえいいち》絵《え》

「みらい文庫《ぶんこ》」読者《どくしゃ》のみなさんへ

言葉《ことば》を学《まな》ぶ、感性《かんせい》を磨《みが》く、創造力《そうぞうりょく》を育《はぐく》む……、読書《どくしょ》は「人間力《にんげんりょく》」を高《たか》めるために欠《か》かせません。

たった一枚《いちまい》のページをめくる向《む》こう側《がわ》に、未知《みち》の世界《せかい》、ドキドキのみらいが無限《むげん》に広《ひろ》がっている。

これこそが「本《ほん》」だけが持《も》っているパワーです。

学校《がっこう》の朝《あさ》の読書《どくしょ》に、休《やす》み時間《じかん》に、放課後《ほうかご》に……。いつでも、どこでも、すぐに続《つづ》きを読《よ》みたくなるような、魅力《みりょく》に溢《あふ》れる本《ほん》をたくさん揃《そろ》えていきたい。読書《どくしょ》がくれる、心《こころ》がきらきらしたり胸《むね》がきゅんとする瞬間《しゅんかん》を体験《たいけん》してほしい、楽《たの》しんでほしい。みらいの日本《にほん》、そして世界《せかい》を担《にな》うみなさんが、やがて大人《おとな》になった時《とき》、「読書《どくしょ》の魅力《みりょく》を初《はじ》めて知《し》った本《ほん》」「自分《じぶん》のおこづかいで初《はじ》めて買《か》った一冊《いっさつ》」と思《おも》い出《だ》してくれるような作品《さくひん》を一所懸命《いっしょけんめい》、大切《たいせつ》に創《つく》っていきたい。

そんないっぱいの想《おも》いを込《こ》めながら、作家《さっか》の先生方《せんせいがた》と一緒《いっしょ》に、私《わたし》たちは素敵《すてき》な本作《ほんづく》りを続《つづ》けていきます。「みらい文庫《ぶんこ》」は、無限《むげん》の宇宙《うちゅう》に浮《う》かぶ星《ほし》のように、夢《ゆめ》をたたえ輝《かがや》きながら、次々《つぎつぎ》と新《あたら》しく生《う》まれ続《つづ》けます。

本《ほん》を持《も》つ、その手《て》の中《なか》に、ドキドキするみらい──。

本《ほん》の宇宙《うちゅう》から、自分《じぶん》だけの健《すこ》やかな空想力《くうそうりょく》を育《そだ》て、〝みらいの星《ほし》〟をたくさん見《み》つけてください。

そして、大切《たいせつ》なこと、大切《たいせつ》な人《ひと》をきちんと守《まも》る、強《つよ》くて、やさしい大人《おとな》になってくれることを心《こころ》から願《ねが》っています。

2011年《ねん》　春《はる》

集英社《しゅうえいしゃ》みらい文庫編集部《ぶんこへんしゅうぶ》